Célèbre outre-Atlantique, **Alvin Schwartz** a puisé dans le folklore américain et mondial la matière de près d'une trentaine de livres destinés à la jeunesse. Son œuvre protéiforme aborde toutes sortes de genres, de l'humour aux légendes urbaines, en passant par la poésie. *Scary Stories (Histoires effrayantes à raconter dans le noir)*, inoubliable, compte parmi les ouvrages les plus marquants de sa génération, et l'un des plus controversés.

Stephen Gammell, illustrateur américain renommé, couronné par une Caldecott Medal, a fait frémir des générations entières avec les illustrations de *Scary Stories*.

Alvin Schwartz

SCARY STORIES

HISTOIRES EFFRAYANTES À RACONTER DANS LE NOIR

Illustrées par Stephen Gammell

Traduit de l'anglais (États-Unis) par Maxime Le Dain

CASTELMORE

Castelmore est un label des éditions Bragelonne

Cet ouvrage est une compilation de trois tomes
en langue originale.

Titre original du tome 1 : *Scary Stories to Tell in the Dark*

Titre original du tome 2 : *More Scary Stories to Tell in the Dark*

Titre original du tome 3 : *More Tales to Chill Your Bones*

Published by arrangement with HarperCollins Publishers

Loi n°49-956 du 16 juillet 1949 sur les publications
destinées à la jeunesse

Dépôt légal : octobre 2021

ISBN : 978-2-36231-559-6

BRAGELONNE – CASTELMORE
60-62, rue d'Hauteville – 75010 Paris

E-mail : info@castelmore.fr
Site Internet : www.castelmore.fr

Pour Dinah,
Lauren et Justin.
A.S.

Sommaire

Terreurs et bizarreries

Les pionniers avaient pour habitude de se divertir en se racontant des histoires effrayantes. La nuit tombée, ils se rassemblaient dans la cabane d'un voisin, ou autour d'un feu, et tentaient de se faire peur à grand renfort de récits d'épouvante.

De nos jours, dans ma ville, bon nombre de jeunes gens, filles et garçons, se livrent à l'exact même rituel. Ils se réunissent dans la maison de l'un d'entre eux, éteignent les lumières, picorent du pop-corn et s'efforcent chacun à leur tour de terrifier leurs camarades.

L'humanité se raconte des histoires effrayantes depuis des millénaires, car la plupart d'entre nous *adorons* le frisson qu'elles procurent. Dans la mesure où nous ne sommes pas en danger, nous trouvons ça amusant.

Nous disposons en outre d'un inépuisable vivier de récits d'épouvante. Il existe des histoires de fantômes. Des histoires de sorcières, de démons, de croque-mitaines, de zombies ou de vampires. Des histoires figurant des créatures monstrueuses ou toutes sortes de dangers. Certaines histoires ont même pour but de nous faire rire de nos propres peurs.

Certaines de ces histoires sont très anciennes et communes à toutes les cultures. La plupart ont la même origine.

Elles se fondent sur des événements que certains ont vus, entendus ou vécus – ou du moins qu'ils croient avoir vus, entendus ou vécus.

Il y a bien des années, un jeune prince est devenu célèbre en raison d'une histoire qu'il avait commencé à raconter sans jamais l'achever. Il s'appelait Mamillius et n'avait probablement que neuf ou dix ans. William Shakespeare l'évoque dans *Le Conte d'hiver.*

Par une sombre nuit d'hiver, sa mère, la reine, lui demande de lui raconter une histoire.

— Un conte triste vaut mieux pour l'hiver, déclare-t-il. J'en sais un de revenants et de lutins.

— Allons, faites de votre mieux pour m'effrayer avec vos revenants, lui répond-elle. Vous y excellez.

— Je vais conter ça tout doucement. Je ne veux pas que les grillons là-bas m'entendent.

Puis il se met à chuchoter :

— Il y avait une fois un homme qui demeurait près d'un cimetière[1]…

Mais il n'a pas le temps d'aller plus loin, car à cet instant précis entre le roi pour faire arrêter la reine. Peu après, Mamillius meurt. Personne ne sait comment se finit cette histoire. Si vous l'aviez commencée comme lui, quelle suite lui donneriez-vous ?

La plupart des histoires effrayantes sont, bien entendu, faites pour être racontées. Elles deviennent ainsi bien plus troublantes. Mais *la façon* dont on les raconte est tout aussi importante.

---

1. Extraits du *Conte d'hiver*, acte I, sc. 2, dans la traduction de François-Victor Hugo. (*NdT*)

Comme l'avait compris Mamillius, il faut avant tout s'exprimer à voix basse, afin d'obliger vos auditeurs à se pencher pour vous entendre, et parler lentement, afin de rendre votre voix plus inquiétante.

Et le moment idéal pour se raconter pareilles histoires, c'est bien évidemment la nuit. Dans la pénombre et l'obscurité, il devient beaucoup plus facile pour vos auditeurs d'imaginer toutes sortes de terreurs et bizarreries.

Alvin Schwartz
Princeton, New Jersey.

« AAAAAAAAAAAAH ! »

Où quelques récits « à sensation » devraient vous permettre de faire sursauter d'effroi vos amis.

Le gros orteil

Un jeune garçon bêchait à l'orée de son jardin quand il aperçut dans la terre un gros orteil. Il voulut le ramasser, mais il était accroché à quelque chose. Alors il tira violemment dessus, et l'orteil lui resta dans les mains. Puis il entendit quelque chose grogner et détaler.

Le garçon emporta l'orteil dans la cuisine pour le montrer à sa mère.

—Il m'a l'air bien dodu, dit-elle. Je le mettrai dans la soupe et nous le mangerons au dîner.

Cette nuit-là, son père coupa l'orteil en trois morceaux et chacun eut droit à une part. Puis ils firent la vaisselle et, quand il se mit à faire noir, tous trois partirent se coucher.

L'enfant s'endormit presque aussitôt. Mais, au beau milieu de la nuit, un bruit le tira du sommeil. Ça venait de dehors, dans la rue. Une voix, qui l'appelait :

— Où est mon o-o-o-o-orteil ? gémissait-elle.

Quand le garçon entendit cela, il se mit à avoir très peur. Mais il pensa : « Il ne sait pas où je suis. Il ne me trouvera jamais. »

Puis il entendit de nouveau la voix. Sauf qu'elle était plus proche, cette fois.

— Où est mon o-o-o-o-orteil ? gémissait-elle.

Le garçon tira sa couverture au-dessus de sa tête et ferma les yeux. « Je vais dormir, songea-t-il. À mon réveil, il aura disparu. »

Mais, bientôt, il entendit la porte de derrière s'ouvrir, et une fois encore la voix retentit.

— Où est mon o-o-o-o-orteil ? gémissait-elle.

Puis l'enfant entendit des bruits de pas dans la cuisine, dans la salle à manger, dans le salon, dans l'entrée. Puis, lentement, les pas gravirent l'escalier.

Ils se rapprochaient, encore et toujours. Bientôt, ils avaient atteint le palier et vinrent tapoter jusque devant sa porte.

— Où est mon o-o-o-o-orteil ? gémit la voix.

La porte s'ouvrit. Tremblant de peur, le garçon écouta les pas fendre lentement l'obscurité jusqu'à son lit. Puis s'interrompre.

— Où est mon o-o-o-o-orteil ? gémit la voix.

(À ce stade de l'histoire, marquez une courte pause dramatique. Puis sautez sur votre voisin en hurlant…)

— C'EST TOI QUI ME L'AS PRIS !

« Le gros orteil » dispose d'une fin alternative :

Quand l'enfant entend la voix qui cherche son orteil, il découvre une créature bizarre dans sa cheminée. Il a si peur qu'il ne peut plus bouger. Il se contente de rester là, paralysé, à l'observer. Pour finir, il demande :

— P-p-p-pourquoi as-tu de si grands yeux ?

Et la créature de répondre :

— C'est pour mieux te voi-oi-oir !

— P-p-p-pourquoi as-tu de si grandes griffes ?

— C'est pour mieux cr-cr-creuser ta tom-om-ombe !

— P-p-p-pourquoi as-tu une si grande bouche ?

— C'est pour mieux t'ava-a-a-ler !

— P-p-p-pourquoi as-tu de si grands crocs ?

— C'est pour mieu-eu-eux te… RONGER LES OS !

(En déclamant cette dernière réplique, jetez-vous sur un de vos amis.)

La promenade

Un jour que mon oncle se promenait sur un vieux chemin de campagne isolé, il rencontra un homme qui se promenait le long du même chemin. L'homme regardait mon oncle, et mon oncle regardait l'homme. L'homme avait peur de mon oncle, et mon oncle avait peur de l'homme.

Mais ils continuèrent de marcher, et il se mit à faire sombre. L'homme regardait mon oncle, et mon oncle regardait l'homme. L'homme avait *très* peur de mon oncle, et mon oncle avait *très* peur de l'homme.

Mais ils continuèrent de marcher, et ils parvinrent devant une vaste forêt. Il faisait de plus en plus sombre. Et l'homme regardait mon oncle, et mon oncle regardait l'homme. L'homme avait *vraiment* peur de mon oncle, et mon oncle avait *vraiment* peur de l'homme.

Mais ils continuèrent de marcher, et au plus profond de la forêt ils s'enfoncèrent. Et l'homme regardait mon oncle, et mon oncle regardait l'homme. L'homme avait *terriblement* peur de mon oncle, et mon oncle avait *terriblement* peur de…

(HURLEZ!)

Que venez-vous faire ici ?

Il était une fois une vieille dame qui vivait seule, et qui souffrait de solitude. Assise dans sa cuisine un soir, elle dit :

— Oh, comme j'aimerais avoir un peu de compagnie.

À peine avait-elle prononcé ces mots que dans le foyer de la cheminée dégringolèrent deux pieds dont la chair avait pourri. La vieille dame terrifiée les regarda en silence, les yeux exorbités.

Puis deux jambes tombèrent dans l'âtre et vinrent s'attacher aux pieds.

Puis un buste dévala le conduit, puis deux bras, et enfin la tête d'un homme.

Sous le regard affolé de la vieille dame, tous ces membres épars s'assemblèrent pour former un immense homme dégingandé. L'homme se lança dans une drôle de gigue qui l'emporta tout autour de la pièce. De plus en plus vite, de plus en plus vite. Puis il s'arrêta et la regarda droit dans les yeux.

— Que venez-vous faire ici ? demanda-t-elle d'une petite voix tremblotante.

— Ce que je viens faire ici ? fit-il. Je viens... POUR TOI !

(Tout en hurlant ces derniers mots, tapez du pied et jetez-vous sur votre voisin.)

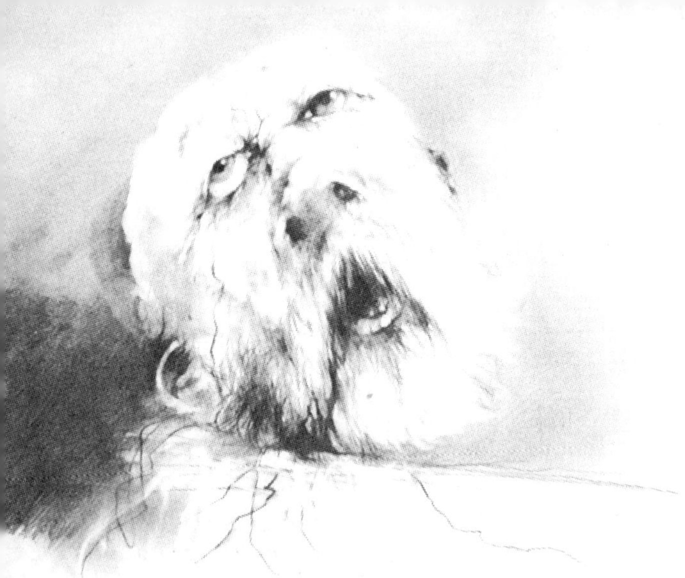

Moi ficeler vaillant mar-cheur

Il était une fois une maison hantée où, chaque soir, une tête décapitée tombait dans la cheminée. Du moins, c'est ce qu'on racontait, si bien que personne n'osait y passer la nuit.

Puis un homme riche proposa d'offrir deux cents dollars à quiconque accomplirait cet exploit. Alors un garçon se porta volontaire, à condition qu'il puisse emmener son chien. L'affaire fut ainsi réglée.

Le soir suivant, le garçon se rendit dans la maison avec son chien. Pour égayer un peu la soirée, il entreprit d'allumer un feu dans la cheminée. Puis il s'assit en face du foyer et attendit, et son chien attendit avec lui.

Pendant de longues minutes, il ne se passa rien. Mais, un peu après minuit, il entendit un chant triste et lointain en provenance des bois, qui ressemblait à peu près à ça :

— MOI FICELER VAILLANT MAR-CHEUR !

« C'est juste une personne qui chante », se dit le garçon, qui sentait néanmoins la peur monter en lui.

Soudain, son chien se mit à répondre à la chanson ! D'une voix douce et triste, il entonna :

— LYNCHEE KINCHEE COLLY MOLLY DINGO DINGO !

L'enfant n'en croyait pas ses oreilles. Son chien n'avait jamais prononcé un traître mot auparavant. Puis, quelques minutes plus tard, il entendit de nouveau le chant. Il était plus proche et plus fort, à présent, mais les paroles restaient les mêmes :

— MOI FICELER VAILLANT MAR-CHEUR !

Cette fois, le garçon voulut empêcher son chien de répondre. Il craignait que celui ou celle qui chantait ne l'entende et ne vienne les chercher. Mais son chien ne se laissa pas faire et entonna de nouveau :

— LYNCHEE KINCHEE COLLY MOLLY DINGO DINGO !

Une demi-heure plus tard, l'enfant entendit encore le chant. Celui-ci provenait à présent du jardin, et les paroles restaient les mêmes :

— MOI FICELER VAILLANT MAR-CHEUR !

Une fois encore, l'enfant voulut réduire son chien au silence. Mais l'animal s'écria à tue-tête :

— LYNCHEE KINCHEE COLLY MOLLY DINGO DINGO !

Bientôt, l'enfant entendit chanter de nouveau. Mais, cette fois, le son provenait de la cheminée :

— MOI FICELER VAILLANT MAR-CHEUR !

Le chien répliqua aussitôt :

— LYNCHEE KINCHEE COLLY MOLLY DINGO DINGO !

Soudain, une tête ensanglantée dévala la cheminée. Elle manqua le feu et atterrit juste à côté du chien. Celui-ci lui jeta un coup d'œil… et s'effondra, terrassé par la peur.

Alors la tête pivota pour regarder le garçon. Lentement, elle ouvrit la bouche, et…

(Tournez-vous vers l'un de vos amis et hurlez…)

« AAAAAAAAAAAH ! »

L'homme qui vivait dans le Maine

Certains prétendent que ce poème n'a aucun sens.
D'autres se montrent plus circonspects…
C'était un homme qui vivait dans le Maine ;
Il semait dans son jardin plein de graines.
Et quand les graines se sont mises à pousser,
Ça a fait comme d'la neige en plein été.
Mais quand cette belle neige s'est mise à fondre,
Ça a fait comme une péniche en plein Londres.

Et quand ladite péniche s'est mise à l'eau,
Ça a fait comme un oiseau sans jabot.
Et quand l'oiseau s'est mis à battre des ailes,
Ça a fait comme un aigle dans le ciel.
Et quand le ciel s'est mis à gronder
Ça a fait comme un lion sur mon palier.
(À ce stade, baissez la voix.)
Et quand ma porte s'est mise à s'entrouvrir,
Ça a fait comme un couteau dans mon cuir.
Et quand mon sang s'est mis à se répandre…
(Éteignez la lumière.)
J'étais mort et je finirai en *cendres!*
(Sautez vers vos amis et criez…)
« AAAAAAAAAAAH ! »

La vieille dame avec la peau sur les os

Il était une vieille dame toute décharnée
Qui vivait près du cimetière, esseulée,
Oh, oh, oh-oh !
Un jour, elle voulut à l'église aller
Pour écouter le pasteur et prier.
Oh, oh, oh-oh !
Et quand elle parvint près du cimetière
Elle marqua une pause près de l'ossuaire.
Oh, oh, oh-oh !
Juste avant d'arriver sur le parvis
Elle vit un corps étalé sous le buis.
Oh, oh, oh-oh !
De son nez béant jusqu'à son menton
Grouillaient les vers en dense peloton.
Oh, oh, oh-oh !
La vieille femme interrogea le pasteur :
« Lui ressemblerai-je quand viendra mon heure ? »
Oh, oh, oh-oh !
Et le pasteur répondit en ces termes :

« Mais bien sûr, toute de vers et de germes ! »
(Criez brusquement…)
« AAAAAAAAAAAH ! »

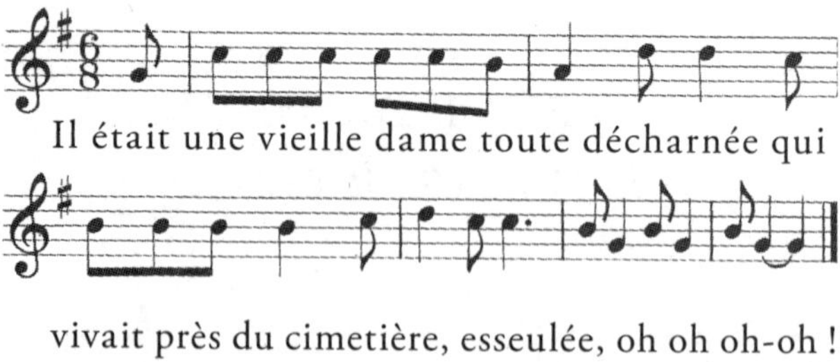

DES PAS GRAVISSAIENT L'ESCALIER DE LA CAVE

Où nous croisons moult fantômes,
dont l'un revient à la vie et un autre
se venge de son meurtrier,
et voyons se produire toutes sortes
d'étranges événements.

La chose

Ted Martin et Sam Miller étaient bons amis. Ils passaient beaucoup de temps ensemble. Cette nuit-là, ils s'étaient juchés sur une clôture, tout près du bureau de poste, et discutaient de choses et d'autres.

De l'autre côté de la route poussaient des navets. Soudain, ils virent quelque chose ramper hors du champ et se mettre debout. Cela ressemblait à un homme, mais la pénombre empêchait de bien voir. Puis la vision disparut.

Mais elle ne tarda pas à réapparaître. La chose traversa la rue, puis, arrivée à mi-chemin, fit demi-tour et regagna le champ.

Puis elle sortit une troisième fois et s'avança dans leur direction. Submergés par la peur, Ted et Sam se mirent à courir. Mais, quand ils s'arrêtèrent enfin, ils estimèrent qu'ils se montraient ridicules. Après tout, ils ne savaient même pas ce qui les avait effrayés. Ils décidèrent donc de revenir sur leurs pas et de mieux regarder.

Ils l'aperçurent bientôt, car la chose marchait à leur rencontre. Elle portait un pantalon noir, une chemise blanche et des bretelles noires.

Ted dit :

— Je vais essayer de le toucher. Comme ça, on saura si c'est réel ou pas.

Il s'approcha de la chose et leva la tête vers elle. Profondément enchâssés dans son visage, deux yeux perçants et scintillants l'observèrent en retour. On aurait dit un crâne de squelette.

Dès le premier regard, Ted poussa un hurlement, rejoignit Sam en courant comme un dératé, et tous deux s'enfuirent de nouveau. Sauf que, cette fois, le squelette les suivit. Quand ils eurent atteint la maison de Ted, ils vinrent se poster dans l'encadrement de la porte pour le regarder. Le squelette resta au beau milieu de la route quelques longues minutes durant. Puis il disparut.

L'année suivante, Ted tomba malade et mourut. Vers la fin, Sam avait pris l'habitude de lui tenir compagnie chaque soir. La nuit de sa mort, Sam dit que Ted ressemblait trait pour trait au squelette.

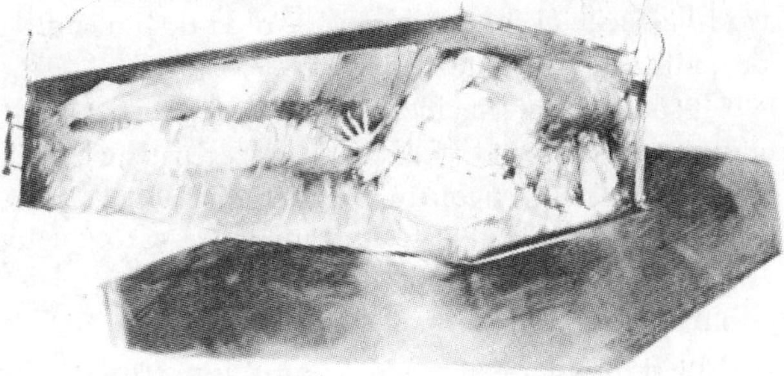

Froid comme la pierre

Un fermier avait une fille à laquelle il tenait plus que tout au monde. Elle tomba amoureuse d'un valet de ferme nommé Jim, mais le fermier réprouvait leur relation, estimant Jim indigne de sa fille. Pour les éloigner, il envoya sa fille vivre avec son oncle à l'autre bout du pays.

Peu après son départ, Jim tomba malade, se laissa dépérir et mourut. Tout le monde affirmait qu'il était mort de chagrin. Le fermier se sentait si coupable du sort du jeune homme qu'il ne put se résoudre à avouer la vérité à sa fille. Celle-ci continua donc de rêver de Jim et de la vie qu'ils auraient pu mener ensemble.

Un soir, bien des semaines plus tard, quelqu'un frappa à la porte de l'oncle. Quand la fille ouvrit, Jim se tenait sur le seuil.

— Ton père m'envoie te chercher, dit-il. Il m'a prêté son meilleur cheval.

— Il se passe quelque chose ? lui demanda-t-elle.

— Pas que je sache.

Elle fit rapidement sa valise, puis ils partirent. Elle chevauchait derrière lui, accrochée à sa taille. Bientôt, il se plaignit d'une violente migraine.

— Ça me fait terriblement mal, lui dit-il.

Elle posa sa main sur son front.

— Seigneur, mais tu es froid comme la pierre, s'inquiéta-t-elle. J'espère que tu n'es pas malade.

Puis elle noua son mouchoir autour de sa tête.

Ils voyageaient si vite qu'ils ne mirent que quelques heures à rallier la ferme. La fille mit prestement pied à terre et alla frapper à la porte. En la découvrant là, son père afficha une mine stupéfaite.

— Tu ne m'as pas envoyé chercher ? l'interrogea-t-elle.

— Non, pas du tout.

Elle se tourna vers Jim, mais il avait disparu, et le cheval avec lui. Ils partirent alors les chercher dans l'écurie, où ils trouvèrent le cheval. Il était couvert d'écume et tremblait de peur. Mais il n'y avait aucun signe de Jim.

Terrifié, le père lui apprit la mort de Jim. Puis il s'empressa d'aller tout raconter aux parents du jeune homme. Ensemble, ils décidèrent d'ouvrir sa tombe. Le cadavre se trouvait bien dans son cercueil, mais tous virent le mouchoir de la jeune femme noué sur son front.

Le loup blanc

La population de loups gris autour de French Creek était devenue incontrôlable. Il y avait désormais tant de loups que les fermiers ne parvenaient plus à les empêcher de massacrer leur bétail. L'État mit donc leur tête à prix. Pour chaque fourrure de loup rapportée aux autorités, un chasseur toucherait une prime de dix dollars.

En ville, un boucher nommé Bill Williams décida de saisir cette lucrative opportunité. Il cessa de travailler comme boucher et devint tueur de loups. Il excellait à cette mission. Chaque année, il faisait plus de cinq cents victimes, ce qui lui rapportait plus de cinq mille dollars. Cela représentait un joli pactole, à l'époque.

Après quatre ou cinq ans, Bill avait tué tant de loups qu'il n'en restait presque plus dans la région. Il prit donc sa retraite et jura de ne plus jamais s'en prendre à ces bêtes, car celles-ci avaient fait sa fortune.

Un jour, cependant, un fermier rapporta qu'un loup blanc avait tué deux de ses moutons. Il lui avait tiré dessus et l'avait même touché, mais ses balles n'avaient eu aucun effet. Bientôt, on aperçut ce loup partout, dans la région. Il tuait et s'enfuyait, tuait et s'enfuyait, sans que personne puisse l'arrêter.

Un jour, il se faufila dans la cour de Bill et égorgea sa vache préférée. Bill en oublia sa promesse de ne plus jamais s'en prendre à un loup. Il partit en ville le lendemain matin, se procura un agnelet pour servir d'appât et l'emmena dans les collines où il l'attacha à un arbre. Puis il recula d'environ cinquante mètres et s'installa sous un autre arbre. Son fusil sur les cuisses, il attendit.

Constatant que Bill ne revenait pas, ses amis partirent à sa recherche. Ils finirent par découvrir l'agneau. Toujours attaché à l'arbre, il avait faim, mais il était en vie. Puis ils retrouvèrent Bill sous son arbre, adossé au tronc. Mais lui était mort, la gorge fendue de part en part.

Pourtant, on ne put détecter aucun signe de lutte. Son fusil n'avait pas tiré une seule cartouche, et aucune empreinte ne marquait le sol alentour. Quant au loup blanc, nul ne l'a jamais revu.

La maison hantée

Un jour, un pasteur tenta d'apaiser l'esprit qui avait élu domicile dans une demeure de sa ville. La maison était hantée depuis une dizaine d'années. Plusieurs personnes avaient déjà tenté d'y passer la nuit, mais ils finissaient toujours par s'enfuir, terrifiés par l'occupant des lieux.

Armé de sa bible, le pasteur pénétra donc dans la maison, prépara un bon feu de cheminée et alluma une lampe. Puis il s'assit pour lire son livre saint. Un peu avant minuit, il entendit des bruits monter de la cave – quelque chose faisait les cent pas, tout en bas, encore et encore, encore et encore. Puis une sorte de hurlement étranglé, comme si quelqu'un tentait de crier et qu'on l'en empêchait, et l'écho d'une lutte et d'objets qui tombent. Et, pour finir, le silence.

Le vieux pasteur s'empara de sa bible, mais avant qu'il ne puisse reprendre sa lecture, il entendit des pas monter l'escalier de la cave. Il garda les yeux rivés sur la porte du sous-sol, tandis que les pas s'approchaient toujours plus. Il vit la poignée tourner et, quand le battant s'entrouvrit, il se releva d'un bond et mugit :

— Que veux-tu ?

La porte se referma doucement, sans un bruit. Le pasteur tremblait quelque peu, mais il finit par rouvrir sa bible pour en lire quelques pages. Puis il se redressa, posa son livre sur son fauteuil et partit raviver le feu.

L'esprit en profita pour remonter – tap-tap-tap ! – l'escalier de la cave. Sous les yeux du vieux pasteur, la poignée tourna et la porte s'ouvrit. Derrière se tenait ce qui ressemblait à une jeune femme. L'homme recula et dit :

— Qui es-tu ? Que veux-tu ?

L'esprit vacilla quelque peu, comme si elle ne savait pas quoi faire… puis s'évanouit. Le vieux pasteur attendit, attendit. En l'absence de nouvelles manifestations, il s'avança pour refermer la porte. Il transpirait et tremblait de tous ses membres, mais c'était un homme courageux et il s'estimait capable de mener sa mission à son terme.

Il tourna donc son fauteuil dans la direction de la cave, s'assit et patienta.

Il n'eut pas à attendre longtemps avant que l'esprit recommence son ascension, lentement – tap… tap… tap… tap… –, de plus en plus près – tap-tap ! –, jusqu'à ce qu'il parvienne à la porte.

Le pasteur se dressa et tendit sa bible à bout de bras. La poignée pivota doucement, puis le battant s'ouvrit à la volée. Cette fois, le pasteur parla du bout des lèvres :

— Au nom du Père, du Fils et du Saint-Esprit… Qui es-tu et que veux-tu ?

L'esprit fondit sur lui à travers la pièce et le saisit par les revers de sa veste. C'était une jeune femme d'une vingtaine d'années aux cheveux emmêlés, arrachés par endroits. La chair désagrégée de son visage laissait entrevoir ses os et une partie de sa dentition. Ses yeux avaient disparu, mais une curieuse lumière bleue luisait tout au fond de ses orbites. Elle n'avait plus de nez.

Alors elle prit la parole, et on aurait cru entendre une voix malmenée par un vent violent, audible ou imperceptible en fonction des bourrasques. Elle lui raconta comment son amant l'avait assassinée pour son argent, puis enterrée dans la cave. Si le pasteur acceptait de déterrer ses os et de l'inhumer correctement, elle pourrait enfin trouver le repos.

Qu'il prenne la dernière phalange du petit doigt de sa main gauche et la dépose dans le panier de la quête lors du prochain office religieux. Alors il découvrirait l'identité de celui qui l'avait tuée.

— Si vous revenez une fois encore après cela, reprit-elle, vous entendrez ma voix à minuit. Je vous dirai où j'ai caché mon argent et vous pourrez le donner à l'église.

Un long sanglot épuisé fit tressaillir l'esprit, qui se recroquevilla sur le sol avant de disparaître. Le pasteur retrouva ses ossements et les enterra dans le cimetière.

Le dimanche suivant, le pasteur plaça la phalange dans le panier de la quête. Quand l'un des hommes de la congrégation l'effleura, le petit bout d'os resta collé à sa main. D'abord surpris, il eut beau frotter, gratter et tirer, rien n'y fit : l'os refusait de le lâcher. Il se mit à hurler, comme devenu fou. Il finit par avouer son crime, et on le mit en prison.

Une fois l'homme pendu, le pasteur regagna la maison. À minuit, la voix de l'esprit lui souffla de creuser sous la pierre de l'âtre. Il s'exécuta, et y découvrit un sac en toile épaisse rempli d'argent.

À l'endroit où l'esprit avait agrippé sa veste, l'empreinte de ses doigts osseux s'était imprimée sur le tissu. Jamais le pasteur ne parvint à la faire partir.

Les invités

Un jeune homme et son épouse voulaient rendre visite à la mère du garçon. D'ordinaire, ils s'y rendaient pour le dîner. Mais ils étaient partis tard, cette fois, et la nuit commençait à tomber. Ils décidèrent donc de chercher un endroit où passer la nuit et de repartir le lendemain matin.

À l'écart de la route, ils aperçurent une maisonnette nichée dans les bois.

— Ils louent peut-être des chambres ? fit la femme.

Ils s'arrêtèrent donc pour demander.

Un couple de vieillards leur ouvrit la porte. Non, ils ne louaient pas de chambres, mais ils seraient ravis de les accueillir pour la nuit, en tant qu'invités. Ils ne manquaient pas de place, et un peu de compagnie leur ferait le plus grand bien.

La vieille femme fit couler du café et sortit un gâteau, après quoi tous quatre discutèrent quelque temps. Puis le jeune couple fut mené jusqu'à sa chambre. Une fois encore, ils voulurent payer leur séjour, mais le vieil homme répéta qu'il n'accepterait pas la moindre piécette.

Les deux jeunes gens s'éveillèrent avant leurs hôtes, le lendemain matin. Sur une petite console près de la porte d'entrée, ils déposèrent une enveloppe contenant un peu d'argent. Puis ils gagnèrent la ville voisine.

Ils firent halte dans un restaurant pour le petit déjeuner. Quand ils racontèrent au gérant où ils avaient dormi, celui-ci pâlit.

— C'est impossible, dit-il. Cette maison a été réduite en cendres, et l'homme et la femme qui vivaient là ont péri dans l'incendie.

Le jeune couple ne pouvant se résoudre à y croire, tous deux rebroussèrent chemin jusqu'à la maison. Mais il n'y avait plus de maison. À la place se dressait une carcasse noircie.

Ils contemplèrent les ruines en silence de longues minutes durant, cherchant en vain ce qui avait bien pu se passer. Puis la femme hurla. Dans les décombres se trouvait une console à demi calcinée, exactement comme celle qu'ils avaient trouvée près de la porte. Sur son plateau reposait l'enveloppe qu'ils avaient laissée le matin même.

ILS VOUS DÉVORENT LES YEUX, ILS VOUS DÉVORENT LE NEZ

Où nous croisons une tombe, une sorcière,
un homme qui aime nager, un panier de courses
et un cadavre… sans doute le vôtre !

Le chant du corbillard

Gardez-vous de rire face au corbillard,
Car votre courte vie n'est que provisoire.
On vous enveloppe dans un grand drap blanc
Qui vous escortera dans le néant.
On vous dépose dans un gros cercueil noir
Qu'on couvre de terre avant d'aller boire.
La première semaine, rien à signaler
Puis votre cercueil se met à suinter.
Les vers, ils y rentrent, les vers, ils en sortent,
Les vers se promènent dans votre aorte.

Ils vous dévorent les yeux, ils vous dévorent le nez,
Ils boivent la gelée qu'exsudent vos pieds.
Un gros lombric vert extrêmement vorace
Fouit votre estomac, ressort par la face.
Vos organes se transforment en gélatine,
Et le pus s'écoule en pâle margarine
Que vous étalerez sur une tranche de pain.
Car c'est ce qu'on mange quand on est défunt.

La fille qui marcha sur une tombe

Des garçons et des filles se trouvaient à une fête, un soir. Un cimetière terrifiant s'étendait au bout de la rue et alimentait les conversations.

— Ne marchez jamais sur une tombe après la tombée de la nuit, déclara l'un des garçons. Sinon, la personne à l'intérieur vous attrapera et vous attirera sous terre.

— N'importe quoi, se moqua l'une des filles. De la superstition, tout ça.

— Si je te donne un dollar, tu es capable de le faire ? la défia le garçon.

— Ce n'est pas une pauvre tombe qui va me faire peur, répliqua la fille. J'y vais, et pas plus tard que maintenant.

Le garçon lui tendit son canif.

— Plante ce couteau dans la tombe sur laquelle tu grimperas, lui dit-il. Comme ça, on saura que tu ne t'es pas défilée.

Dans le cimetière peuplé d'ombres régnait un silence de mort. « Il n'y a aucune raison d'avoir peur », se répétait la fille, sans pouvoir néanmoins se retenir de trembler.

Elle choisit alors une tombe et grimpa dessus. Puis, prestement, elle se pencha, plongea le canif dans la terre et s'apprêta à partir. Mais c'était impossible. Quelque chose la retenait ! Elle voulut s'enfuir une seconde fois, en vain. La terreur l'envahit.

— Je ne peux plus bouger ! hurla-t-elle, avant de s'effondrer au sol.

Comme elle ne revenait pas, les autres partirent à sa recherche. Ils retrouvèrent son corps étendu en travers de la tombe. Sans s'en rendre compte, elle avait planté la lame du couteau dans un pan de sa jupe, coinçant celle-ci au sol. Seul le canif l'avait retenue. Elle était morte de peur.

Un nouveau cheval

Deux ouvriers agricoles partageaient une chambre. L'un dormait au fond de la pièce, l'autre près de la porte. Au bout d'un moment, celui qui dormait près de la porte se mit à manifester des signes d'épuisement dès le réveil. Son ami lui demanda ce qui n'allait pas.

— Il se passe une chose atroce chaque nuit, répondit-il. Une sorcière me transforme en cheval et me fait parcourir toute la campagne.

— C'est moi qui dormirai dans ton lit, ce soir, le rassura son ami. On verra bien ce qui m'arrive.

Quand sonnèrent les douze coups de minuit, une vieille femme qui vivait non loin pénétra dans la chambre. Elle marmonna une étrange formule au-dessus de l'ouvrier, qui se sentit soudain paralysé. Puis elle glissa une selle sur son dos et il se transforma en cheval.

Alors, sans crier gare, il se retrouva à filer à travers champs, ventre à terre, enfourché par la sorcière qui lui labourait les flancs des talons pour le faire accélérer. Bientôt, ils atteignirent une maison où se tenait une fête. On y jouait de la musique et on y dansait. Tout le monde semblait s'amuser, à l'intérieur. La vieille femme accrocha sa longe à une clôture et partit rejoindre les festivités.

En son absence, l'ouvrier se frotta contre la clôture jusqu'à faire tomber la selle et reprit forme humaine. Il se faufila alors dans la maison pour retrouver la sorcière, prononça l'étrange formule qu'elle avait utilisée et se servit de la selle pour la transformer à son tour en cheval. Il enfourcha cette monture et la guida chez le maréchal-ferrant pour lui ferrer les pieds. Après quoi il prit le chemin de la ferme où elle vivait.

— J'ai là une bonne petite pouliche, annonça-t-il à son époux, mais j'ai besoin d'une monture plus puissante. Que diriez-vous d'échanger ?

Après avoir examiné l'animal, le vieil homme hocha la tête. Ils choisirent donc tous deux un étalon, sur le dos duquel l'ouvrier repartit dans la nuit.

Le vieux fermier guida ensuite son nouveau cheval dans l'écurie. Il lui ôta sa selle et partit l'accrocher. Mais, à son retour, le nouveau cheval avait disparu. À sa place se tenait son épouse, avec des fers cloués aux mains et aux pieds.

Alligators

Une jeune femme de la ville épousa un jour un homme originaire d'une autre région du pays. C'était un brave gaillard, et tous deux s'entendaient franchement bien. Il n'y avait qu'un seul problème. Tous les soirs, il partait nager dans la rivière. Il lui arrivait même d'y rester toute la nuit, si bien que la jeune femme souffrait de solitude.

Ce couple avait deux fils. Dès qu'ils furent en âge de marcher, le père entreprit de leur apprendre à nager. Et, quand ils eurent grandi, il les emmena nager dans la rivière au crépuscule. Souvent, ils y passaient la nuit, et la jeune femme se morfondait alors, seule, à la maison.

Les gens la rassuraient, lui disaient qu'il n'y avait rien de mal à ce qu'un homme aille nager avec ses enfants. Quoi de plus naturel, après tout ? Quant aux alligators, il n'y en avait pas dans le coin. Tout le monde savait ça.

Tôt, un matin, la jeune femme accourut en ville. Elle revenait de la rivière et était trempée. Elle raconta que trois alligators – un gros et deux plus petits – l'avaient attirée dans l'eau pour la forcer à manger du poisson cru. Il s'agissait de son époux et de ses fils, elle en était persuadée, et ils voulaient qu'elle aille vivre avec eux. Mais elle avait réussi à s'enfuir.

Son médecin décréta qu'elle avait perdu la raison, et il la fit interner quelques semaines. Après ça, on ne revit plus jamais son mari et ses fils. Ils avaient purement et simplement disparu.

De temps à autre, cependant, des pêcheurs racontent avoir vu des alligators dans la rivière, à la nuit tombée. Trois alligators, en général – un gros et deux plus petits. Mais personne n'y croit. Tout le monde sait qu'il n'y a pas d'alligator dans le coin.

De la place pour un

Un certain Joseph Blackwell était de passage à Philadelphie pour affaires. Il logeait chez des amis, dans l'immense demeure qu'ils possédaient aux abords de la ville. Après une excellente soirée passée à discuter et à rire, ils allèrent se coucher. Mais, une fois au lit, Blackwell ne parvint pas à trouver le sommeil.

Au milieu de la nuit, il entendit une voiture pénétrer dans l'allée. Il gagna la fenêtre pour regarder qui arrivait à une heure aussi tardive. Sous l'éclat de la lune, il aperçut alors un long corbillard noir rempli de gens.

Le conducteur du corbillard leva les yeux vers lui, et Blackwell frémit à la vue de son visage torve et hideux. L'homme lui lança :

— Il y a encore de la place pour un.

Après quoi il attendit une minute ou deux, puis repartit.

Le lendemain matin, Blackwell raconta ce qui s'était passé à ses amis.

— Tu as rêvé, dirent-ils.

— Sans doute, mais ça ne ressemblait pas à un rêve.

Après le petit déjeuner, il partit travailler dans un de ces nouveaux bâtiments du centre qui surplombent la ville. En fin d'après-midi, il attendit l'ascenseur pour redescendre au rez-de-chaussée. Mais quand la cabine arriva, celle-ci était remplie. L'un des passagers se tourna vers lui pour lui dire :

— Il y a encore de la place pour un.

C'était le conducteur du corbillard.

— Non merci, répondit Blackwell. Je prendrai le suivant.

Les portes se refermèrent et l'ascenseur entama sa descente. Puis retentirent un grincement, des hurlements et enfin l'écho d'un terrible fracas. L'ascenseur était tombé tout au fond de sa cage. Tout le monde à bord était mort.

Le wendigo

Un homme prospère décida un jour d'aller chasser dans une région du Nord canadien où peu de gens osaient s'aventurer. Il voyagea jusqu'à un comptoir commercial et s'efforça d'y recruter un guide. En vain, car tout le monde déclinait son offre. Trop dangereux, disaient-ils.

Il finit toutefois par rencontrer un Indien qui avait tant besoin d'argent qu'il accepta sa propo-sition. Cet Indien se nommait DéFago.

Ils établirent leur campement dans la neige, près d'un vaste lac gelé. Trois jours durant, ils chassèrent sans rien rapporter. La troisième nuit, une tempête se leva. À l'abri dans leur tente, ils entendirent le vent hurler et les arbres s'agiter d'avant en arrière.

Pour avoir un aperçu de la fureur des éléments, le chasseur écarta le rabat de la tente. Ce qu'il vit le saisit. À l'extérieur, pas un souffle de vent n'agitait la neige, et les arbres immobiles se tenaient parfaitement droits. Pourtant, il pouvait *entendre* les bourrasques. Et plus il tendait l'oreille, plus il avait l'impression qu'elles prononçaient le nom de DéFago.

— DA-FAAAAAAAAAY-GO ! gémissait le vent. DA-FAAAAAAAAAY-GO !

Je dois être en train de perdre la tête, songea le chasseur. Mais DéFago avait quitté son sac de couchage pour se blottir dans un recoin de la tente, la tête enfouie sous ses bras.

— Qu'est-ce que c'est que cette histoire ? l'interrogea le chasseur.

— Ce n'est rien, répondit l'Indien. Rien du tout.

Mais le vent continuait de l'appeler. Et DéFago se montrait toujours plus tendu et agité.

— DA-FAAAAAAAAAY-GO ! répétait le vent. DA-FAAAAAAAAAY-GO !

Brusquement, l'intéressé se releva d'un bond et voulut s'élancer hors de la tente. Mais le chasseur l'agrippa au passage et le plaqua au sol.

— Tu ne peux pas me laisser tout seul ici ! s'écria-t-il.

Mais le vent l'appela de nouveau, et DéFago parvint à se dégager avant de s'enfuir dans les ténèbres. Le chasseur l'entendait crier tout en courant. Il criait encore et encore :

— Oh, mes pieds de feu, mes pieds de feu brûlants…

Puis sa voix s'évanouit dans le lointain, et la tempête finit par se dissiper.

Au point du jour, le chasseur suivit les empreintes laissées par DéFago dans la neige. Elles traversaient les bois, descendaient vers le lac et continuaient sur la glace. Mais il ne tarda pas à remarquer quelque chose d'étrange. À mesure qu'elles progressaient vers le centre du lac, les empreintes de l'Indien s'écartaient de plus en plus l'une de l'autre. Ses foulées devenaient si longues qu'elles n'avaient plus rien d'humain. Comme si quelque chose l'avait soulevé dans sa fuite.

Le chasseur suivit les empreintes jusqu'au centre du lac, où elles disparaissaient complètement. Il crut tout d'abord que DéFago était tombé à travers la glace, mais il n'y avait aucun trou. Puis il songea que quelque chose avait dû le soulever dans les airs pour l'emporter dans le ciel. Mais ça n'avait aucun sens.

Tandis qu'il restait planté là, à se demander ce qui avait bien pu lui arriver, le vent se leva de nouveau. Bientôt, il se mit à hurler comme la veille au soir, après quoi il entendit la voix de DéFago. Elle lui parvenait d'au-dessus, et une fois encore il l'entendait crier :

— Oh, mes pieds de feu, mes pieds de feu brûlants…

Il avait beau scruter le ciel, il ne voyait rien.

Pris d'un irrépressible besoin de décamper aussi vite que possible, le chasseur regagna le campement et rassembla ses affaires. Après avoir laissé sur place un peu de nourriture pour DéFago, il se mit en route. Quelques semaines plus tard, il retrouva la civilisation.

L'année suivante, il revint chasser dans la région et se rendit au même comptoir commercial pour y trouver un guide. Personne ne put lui expliquer ce qui était arrivé à DéFago cette nuit-là. Mais ils ne l'avaient pas revu depuis.

— C'était peut-être le wendigo, avança l'un des habitants avant d'éclater de rire. On raconte qu'il vient dans le vent. Il vous traîne au sol à toute vitesse jusqu'à ce que vos pieds – et bien plus encore – se mettent à brûler. Puis il vous emporte dans le ciel pour vous lâcher par terre. Ce n'est qu'une stupide légende, mais les Indiens y croient dur comme fer.

Quelques jours plus tard, le chasseur regagna le comptoir commercial et remarqua un Indien installé près du feu. Emmitouflé sous une épaisse couverture, il portait son chapeau de manière qu'on ne voie pas son visage. Lui trouvant un air familier, le chasseur s'approcha et l'interpella :

— DéFago ? C'est toi ?

L'Indien ne répondit pas.

— Vous savez ce qu'il est devenu ?

Pas de réponse.

Et si quelque chose n'allait pas ? se demanda le chasseur. Cet homme avait peut-être besoin d'aide ? Mais son visage restait obstinément caché.

— Vous allez bien ?

Pas de réponse.

Afin de l'examiner, le chasseur souleva le chapeau de l'Indien. Puis il poussa un long cri de terreur. Il n'y avait sous le chapeau rien d'autre qu'un tas de cendres.

Le cerveau du mort

Cette histoire est en fait un jeu d'horreur qui se pratique à Halloween. Mais rien n'empêche d'y jouer quand l'envie vous en prend.

Les participants s'assoient en cercle dans une pièce plongée dans le noir et écoutent un conteur décrire la lente décomposition d'un cadavre. Chaque partie du corps est alors passée à son voisin pour qu'il l'éprouve du bout des doigts.

Dans une variante, un joueur est éliminé s'il ou elle hurle ou même étouffe un cri de frayeur. Dans une autre, tout le monde reste jusqu'à la fin, peu importent les cris.

Voici l'histoire :

Autrefois, dans cette ville, vivait un dénommé Brown. Il y a plusieurs années, à cette date, quelqu'un l'a crapuleusement assassiné.

Nous avons ici sa dépouille.

Commençons par éprouver sa cervelle. (Une tomate bien mûre et bien gluante.)

Voici à présent ses yeux, encore figés par la surprise. (Deux raisins épluchés.)

Voici son nez. (Un os de poulet.)

Son oreille. (Un abricot sec.)

HOME
SWEET
HOME

Et voici sa main, toute d'os et de chairs pourries. (Un gant de toilette ou en caoutchouc rempli de boue ou de glace.)

Mais ses cheveux continuent de pousser. (Une poignée de soies de maïs, de poils humides ou de laine.)

Son cœur n'a jamais cessé de battre. (Un morceau de foie cru.)

Ni son sang de couler. Plongez vos doigts dedans. C'est tout chaud. (Un bol de ketchup dilué à l'eau tiède.)

Voilà, c'est tout. Ne restent plus que les vers, qui ont mangé tout le reste. (Une poignée de spaghettis cuits et humides.)

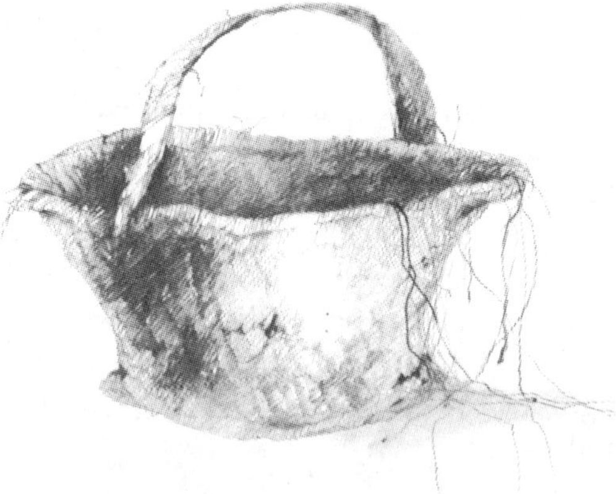

« PUIS-JE PORTER VOTRE PANIER ? »

Sam Lewis passait la soirée à jouer aux échecs chez un ami. Il était près de minuit quand ils terminèrent leur partie, après quoi il prit le chemin de sa maison. Dehors, il faisait un froid de canard, et un silence de mort régnait sur la ville.

En tournant au coin d'une rue, il eut la surprise de découvrir une femme qui marchait devant lui. Elle portait un panier couvert d'un tissu blanc. Quand il l'eut rattrapée, il leva les yeux pour voir de qui il s'agissait, mais elle s'était tellement couverte pour se protéger du froid qu'il ne parvint pas à voir son visage.

— Bonsoir, dit Sam. Que faites-vous donc dehors aussi tard ?

Comme elle ne répondait pas, il dit :

— Puis-je porter votre panier ?

Elle le lui tendit. De sous le tissu monta une petite voix, qui déclara : « C'est très aimable à toi », avant de partir d'un long rire féroce.

Sam fut si surpris qu'il en laissa tomber le panier… d'où roula une tête de femme. Il avisa la tête, puis l'inconnue, et s'écria :

— Mais c'est sa tête !

Alors il se mit à courir, et la femme et sa tête le prirent en chasse. Bientôt, la tête parvint à son niveau et plongea ses dents dans sa jambe gauche. Sam poussa un hurlement de douleur et redoubla son allure.

Mais la femme et sa tête ne le lâchaient pas d'un pouce. Soudain, la tête bondit dans les airs de nouveau et lui mordit l'autre jambe. Puis toutes deux disparurent.

DANGERS D'AUJOURD'HUI

Où nous découvrons,
à la différence de la plupart des histoires de ce livre
qui ont traversé le temps pour nous parvenir,
des récits contemporains servant en général
à mettre en garde les jeunes gens contre les dangers
de notre triste époque.

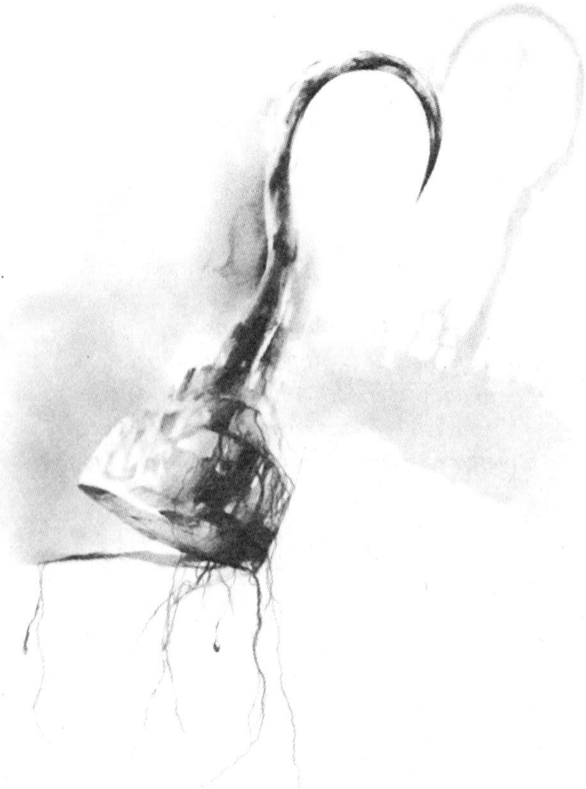

Le crochet

Après une séance de cinéma, Donald et Sarah partirent faire un tour dans la voiture de Donald. Ils se garèrent sur une colline à l'orée de la ville, d'où ils pouvaient voir toutes les lumières de la vallée.

Donald alluma la radio et trouva de la musique. Mais un présentateur interrompit le programme pour un bulletin spécial. Un assassin venait de s'échapper de la prison d'État. Il était armé d'un couteau et se dirigeait vers le sud, à pied. Il lui manquait la main gauche. À la place, il portait un crochet.

— Remontons les vitres et fermons les portières, dit Sarah.

— Bonne idée, fit Donald.

— Cette prison n'est pas très loin d'ici. On ferait peut-être mieux de rentrer.

— Mais il n'est que 22 heures.

— Je me fiche de l'heure qu'il est. Je veux qu'on rentre.

— Écoute, Sarah, la rassura Donald. Il ne va quand même pas grimper jusqu'ici. À quoi ça l'avancerait ? Et même s'il le faisait, toutes les portières sont verrouillées. Comment pourrait-il entrer ?

— Donald, il n'aurait qu'à casser une vitre avec son crochet et tirer une poignée, lui rétorqua-t-elle. J'ai peur. Je veux rentrer.

Donald ne cacha pas sa contrariété.

— Les filles ont toujours peur de quelque chose, grommela-t-il.

Alors qu'il démarrait le moteur, Sarah crut entendre quelqu'un – ou quelque chose – qui grattait la portière.

— Tu as entendu ? demanda-t-elle tandis qu'ils s'éloignaient à vive allure. On aurait dit quelqu'un qui essayait d'entrer.

— Mais bien sûr…

Ils regagnèrent bientôt la maison de la jeune femme.

— Ça te dit d'entrer pour boire un chocolat chaud ? proposa-t-elle à son compagnon.

— Non merci, répondit-il. Je vais rentrer, moi aussi.

Comme il contournait le véhicule pour lui ouvrir la portière, il se figea. Un crochet pendait à la poignée de la porte.

La robe du soir en satin blanc

Un lycéen avait invité une camarade d'école au bal de fin d'année. Mais la jeune fille, très pauvre, ne pouvait se permettre d'acheter la robe de soirée qu'exigeait pareille occasion.

— Tu peux peut-être en louer une ? lui suggéra sa mère.

Aussi se rendit-elle chez un prêteur sur gage situé non loin de chez elle. Elle y trouva une robe de soirée en satin blanc à sa taille, qui lui allait à merveille et qu'elle parvint à louer pour une somme modique.

Quand elle arriva au bal au bras de son compagnon, elle resplendissait tant que tous voulurent faire sa connaissance. Elle dansa encore et encore, et passa une excellente soirée. Mais elle finit par se sentir faible et prise de vertiges, si bien qu'elle demanda à son ami de la raccompagner chez elle.

— Je crois que j'ai trop dansé, lui dit-elle.

Une fois rentrée, elle s'allongea sur son lit. Le lendemain matin, sa mère la découvrit étendue là, morte. Désemparé, le médecin de famille demanda une autopsie.

Le médecin légiste diagnostiqua un empoisonnement au fluide d'embaumement. Celui-ci avait ralenti, puis interrompu sa circulation sanguine. Du formol imbibait la robe, et avait pénétré la peau de la jeune fille pendant qu'elle dansait, aidé par la transpiration.

Le prêteur sur gage révéla avoir acheté la robe à l'assistant d'un croque-mort, qui l'avait dérobée juste avant l'enterrement de sa propriétaire.

PLEINS PHARES

La conductrice était en terminale. Elle vivait dans une ferme située à douze kilomètres de la ville, si bien qu'elle avait chaque jour besoin d'utiliser sa voiture.

Elle venait d'assister à un match de basket-ball dans son lycée et s'apprêtait à présent à rentrer chez elle. Tandis qu'elle quittait le parking au volant de sa vieille berline bleue, elle remarqua un 4x4 rouge qui sortait à sa suite. Quelques minutes plus tard, le 4x4 la suivait toujours.

J'imagine qu'on va dans la même direction, songea-t-elle. Elle garda toutefois un œil sur le véhicule dans son rétroviseur. Chaque fois qu'elle accélérait, le conducteur du 4x4 accélérait lui aussi. Quand elle dépassait une voiture, il faisait de même.

Puis il alluma ses pleins phares, baignant sa vieille berline de lumière. Il resta ainsi presque une minute entière. *Sans doute veut-il me dépasser*, pensa-t-elle. Mais un malaise croissant s'emparait d'elle.

D'ordinaire, elle prenait pour rentrer chez elle une route de campagne que presque personne n'empruntait. Mais quand elle s'y inséra ce soir-là, le 4x4 l'imita.

Je dois le distancer, songea-t-elle avant d'appuyer sur l'accélérateur. Comme en réponse, son poursuivant alluma aussitôt ses pleins phares. Au bout d'une minute, il les éteignit de nouveau. Puis il recommença.

Elle roulait à tombeau ouvert, de présent, mais son poursuivant ne la lâchait pas d'un pouce. Puis il mit ses pleins phares et, une fois encore, la berline de la jeune femme fut inondée de lumière. *Mais c'est quoi, son problème ?* se demanda-t-elle. *Qu'est-ce qu'il me veut ?* Puis il éteignit ses phares. Une minute plus tard, il les rallumait, sans les éteindre cette fois.

Pour finir, elle s'engouffra dans son allée et le 4x4 tourna derrière elle. À peine arrivée, elle bondit hors de sa voiture et s'élança vers la maison.

— Appelle la police ! hurla-t-elle à son père.

Depuis la fenêtre, elle pouvait voir le conducteur du 4x4 progresser dans l'allée. Il serrait un pistolet dans son poing.

Quand la police arriva pour l'arrêter, l'homme désigna la berline de la jeune femme.

— Ce n'est pas à moi que vous devriez vous en prendre, déclara-t-il. Mais à lui.

Accroupi derrière le siège conducteur, se cachait un homme armé d'un poignard.

Comme l'expliqua plus tard le conducteur du 4x4, l'inconnu s'était glissé dans la voiture de la conductrice juste avant qu'elle quitte son lycée. Il l'avait vu faire, mais n'avait pas eu le temps de l'empêcher ni de prévenir la jeune femme. Craignant qu'il n'arrive malheur à la conductrice, il avait donc décidé de la suivre.

Chaque fois que l'homme à l'arrière se redressait pour la maîtriser, le conducteur du 4x4 mettait ses pleins phares. Alors l'intrus se baissait, de peur qu'on ne l'aperçoive.

La baby-sitter

Il était 21 heures. Tout le monde regardait la télé, installé sur le canapé. Il y avait Richard, Brian, Jenny et Doreen, la baby-sitter.

Le téléphone sonna.

— C'est peut-être votre mère, dit Doreen.

Elle décrocha le combiné, mais avant même qu'elle n'ait pu dire un mot, un homme éclata d'un rire hystérique à l'autre bout du fil et raccrocha.

— C'était qui ? demanda Richard.

— Sans doute un dingue, répondit Doreen. J'ai raté quoi ?

À 21 h 30, le téléphone sonna de nouveau. Doreen partit répondre. C'était le même homme que précédemment.

— Je serai bientôt là, annonça-t-il avant de rire et de raccrocher.

— C'était qui ? demandèrent les enfants.

— Le même taré que tout à l'heure, répondit-elle.

À 22 heures, le téléphone sonna de nouveau. Jenny décrocha la première.

— Bonsoir, dit-elle.

C'était le même homme.

— À dans une heure, fit-il, riant encore pour raccrocher aussitôt.

— Il a dit : « À dans une heure. » Ça veut dire quoi ? demanda la petite.

— Ne t'inquiète pas, la rassura Doreen. C'est juste un crétin qui se paie notre tête.

— J'ai peur, dit Jenny.

À 22 h 30, le téléphone sonna de nouveau. Quand Doreen décrocha, l'homme s'écria, entre deux éclats de rire :

— C'est pour bientôt !

— Pourquoi faites-vous ça ? s'égosilla Doreen.

Mais il avait raccroché.

— C'était encore ce type ? questionna Brian.

— Oui, dit Doreen. Je vais appeler l'opérateur téléphonique pour me plaindre.

Le technicien lui dit de rappeler si l'homme recommençait, afin qu'il puisse retracer l'appel.

À 23 heures, le téléphone sonna de nouveau. Doreen décrocha.

— C'est pour très bientôt !

Puis il éclata de rire et raccrocha. Doreen contacta immédiatement l'opérateur, qui la rappela sans tarder.

— Cette personne vous appelle depuis votre adresse, lui apprit-il. Vous feriez mieux de quitter la maison. J'appelle la police.

Au même instant, une porte s'ouvrit à l'étage. Un homme qu'aucun d'entre eux n'avait jamais vu dévala l'escalier, un curieux sourire aux lèvres. Ils se précipitèrent hors de la maison. Quelques minutes plus tard, la police arriva en trombe, s'engouffra dans la maison et l'arrêta.

« HA HA HAAAAAAAAAA ! »

Où nous découvrons des histoires
non pas destinées à vous faire trembler,
mais à vous secouer de rire.

Le nez broyeur

Une veuve vivait seule au dernier étage d'un immeuble d'appartements. Un matin, son téléphone sonna.

— Allô, dit-elle.

— Ici le nez broyeur, fit l'homme au bout du fil. J'arrive.

On se paie ma tête, songea-t-elle en raccrochant. Une demi-heure plus tard, le téléphone se remit à sonner. C'était la même voix.

— Ici le nez broyeur, dit-il. J'arrive d'ici peu.

La veuve ne savait qu'en penser, mais elle commençait à avoir peur. Une fois de plus le téléphone sonna. Et une fois de plus, c'était le nez broyeur.

— Je suis presque là.

Elle s'empressa d'appeler la police, qui répondit qu'elle était en chemin. Quand la sonnette tinta, elle poussa un soupir soulagé. *Les voilà !* pensa-t-elle.

Mais, quand elle ouvrit la porte, elle découvrit un petit homme équipé d'un seau et d'un chiffon, le nez rougi par un rhume carabiné.

— Je suis le nébroyeur, dit-il. Je viens nébroyer et asbiquer vos fenêbres.

Le grenier

Un dénommé Rupert vivait avec son chien dans une maison reculée, au beau milieu des bois. Rupert était un chasseur doublé d'un trappeur. Son chien, un gros berger allemand répondant au nom de Sam, avait passé toute sa vie auprès de lui.

Presque chaque matin, Rupert partait chasser, tandis que Sam restait garder la maison. Un matin, alors que Rupert vérifiait ses collets, il eut un sinistre pressentiment : quelque chose s'était passé chez lui.

Il se dépêcha de rentrer et constata, une fois arrivé, que Sam avait disparu. Il fouilla la maison et les bosquets alentour, mais le chien n'était nulle part. Il l'appela, l'appela et l'appela encore, en vain. Des jours durant, Rupert chercha Sam, mais ne le retrouva pas.

Il finit par abandonner et reprendre son travail. Mais, un matin, il entendit quelque chose bouger dans le grenier. Il ramassa son fusil, puis songea : *Je ferais mieux d'agir avec discrétion.*

Alors il ôta ses bottes. Et c'est pieds nus qu'il se mit à gravir l'escalier menant au grenier. Il grimpa une marche, puis une autre, et encore une autre, jusqu'à atteindre la porte tout en haut.

Il tendit l'oreille, mais n'entendit rien. Alors il ouvrit la porte et…

—AAAAAAAAAAAH !

À ce stade, le conteur s'interrompt, comme s'il avait fini son histoire. En général, quelqu'un lui demande : « Pourquoi Rupert a-t-il crié ? » À quoi le conteur répond : « Tu ne crierais pas, toi, si tu marchais sur un clou pieds nus ? »

Les os d'Aaron Kelly

À la mort d'Aaron Kelly, on lui acheta un cercueil, on organisa ses funérailles et on l'enterra.

Mais, dès la nuit tombée, il sortit de sa bière et rentra chez lui. Sa famille était assise près du feu quand il entra. Il alla s'asseoir près de sa veuve et lui dit :

— Qu'est-ce qui ne va pas ? À croire que quelqu'un est mort.

— Bah oui, lui répondit sa veuve. Toi.

— Je ne me sens pas mort. Je me sens même en pleine forme.

— Tu as pourtant une vraie mine de déterré. Tu ferais mieux de retrouver ta tombe, que tu n'aurais pas dû quitter.

— Je n'y retournerai pas avant de me *sentir* mort, déclara-t-il.

Aaron ne voulant pas regagner sa sépulture, sa veuve ne pouvait prétendre au versement de l'assurance vie. Et, sans cette dernière, impossible pour elle de payer le cercueil, si bien que le croque-mort la menaça d'aller le récupérer.

Aaron, lui, s'en fichait. Il se contentait de rester assis près du feu à se balancer dans son fauteuil et à se réchauffer les pieds et les mains. Mais ses articulations étaient sèches, son dos raide, et, chaque fois qu'il bougeait, il grinçait et craquait.

Une nuit, le meilleur violoniste de la ville vint courtiser la veuve. Depuis la mort d'Aaron, le violoniste s'était mis en tête de l'épouser. Tous deux s'installèrent d'un côté de la cheminée, tandis qu'Aaron se tenait en face, grinçant et craquant à qui mieux mieux.

—Combien de temps allons-nous devoir supporter ce maudit cadavre ? soupira la veuve.

—Il faut faire quelque chose, déclara le violoniste.

—Quelles têtes d'enterrement vous faites ! s'exclama Aaron. Allons, dansons !

Le violoniste sortit son instrument et se mit à jouer. Aaron s'ébroua, s'étira, se releva, fit un pas ou deux, puis se lança dans la danse. Jambes cliquetantes et rotules claquetantes, il sautilla et se dandina dans le salon. A-t-on jamais vu cadavre danser ainsi ! Mais, bientôt, un os se détacha et chuta au sol.

—Vous avez vu ça ? s'étonna le violoniste.

—Jouez plus vite ! lui chuchota la veuve.

Et le musicien s'exécuta.

Crac-cric-crac, au revoir l'os iliaque. Plus le mort se trémoussait et plus ses morceaux valdinguaient. Par ici et par là, ils volaient dans tous les coins.

—Allez, jouez, mon vieux ! s'écria la veuve. Jouez donc !

Le violoniste violonait et Aaron le mort dansait. Puis il se disloqua bel et bien, s'effondrant en un amas d'ossements. Seul restait son crâne chauve qui souriait follement au violoniste et claquait des dents… sans cesser de se tortiller.

— Regardez-moi ça ! gémit le violoniste.

— Jouez plus fort ! rugit la veuve.

— Ho, ho ! s'extasia le crâne. Qu'est-ce qu'on s'éclate, hein !

Le violoniste n'y tint plus.

— Veuve, dit-il. Je rentre chez moi.

Et jamais il ne reparut.

La famille ramassa les os d'Aaron et les remit dans le cercueil. Ce faisant, ils prirent soin de bien les mélanger afin qu'il ne puisse plus les assembler. Depuis lors, Aaron n'a plus quitté son cercueil.

Mais sa veuve n'a jamais pu se remarier. Aaron y avait veillé.

Le glouglou bavoteux

Le glouglou bavoteux
A émergé de l'onde

Et mangé tout le monde,
Tout le monde sauf moi.

Le glouglou bavoteux
A émergé de l'onde

Et mangé tout le monde,
Tout le monde sauf…

SCR-ON-CH…

Faut attendre Martin

Un vieil homme était sorti se promener. Surpris par l'orage et en quête d'un abri, il découvrit une vieille maison. Il en gravit le perron et frappa à la porte, mais personne ne répondit.

La pluie tombait à verse, à présent, le tonnerre grondait et les éclairs crépitaient. Il tenta donc d'ouvrir la porte, s'aperçut qu'elle n'était pas verrouillée et entra se réfugier à l'intérieur.

À l'exception d'un tas de caisses en bois, la maison était complètement vide. Il brisa plusieurs caisses et s'en servit pour allumer un feu, puis s'assit devant la cheminée pour se sécher. Il faisait si chaud et il était si douillettement installé qu'il s'endormit.

À son réveil, un chat noir se tenait près du feu et l'observait avec attention, tout en ronronnant. *En voilà, un joli minou*, songea le vieil homme, avant de s'endormir de nouveau.

Quand il ouvrit les yeux, un deuxième chat se trouvait dans la pièce. Mais celui-ci était gros comme un loup. Sans quitter l'humain des yeux, il demanda :

— On se le fait maintenant ?

— Non, répondit le premier chat. Faut attendre Martin.

Je dois être en train de rêver, pensa le vieil homme, avant de refermer les yeux. Quand il les rouvrit, il y avait désormais un *troisième* chat dans la pièce, et celui-ci était gros comme un tigre. Il examina le vieil homme des pieds à la tête et déclara :

— On se le fait maintenant ?

— Non, répondirent les autres. Faut attendre Martin.

Là-dessus, le vieil homme se releva d'un bond, sauta par la fenêtre et s'enfuit à toutes jambes.

— Quand Martin arrivera, dites-lui que je n'ai pas pu attendre ! lança-t-il par-dessus son épaule.

Le fantôme aux doigts sanglants

Un homme d'affaires entra dans un hôtel, un soir, et demanda une chambre. Malheureusement, lui apprit le réceptionniste, l'établissement était complet.

— Il nous resterait bien une chambre, lui dit-il. Mais nous ne la proposons pas car elle est hantée.

— Je la prends, fit l'homme d'affaires. Je ne crois pas aux fantômes.

Puis il monta dans la chambre, défit sa valise et se mit au lit. À peine s'était-il glissé sous les draps qu'un fantôme surgit du placard. Ses doigts saignaient, et il gémissait :

— Doigts sanglants ! Doigts sanglants !

Quand l'homme aperçut le fantôme, il rassembla en toute hâte ses effets et s'enfuit.

La nuit suivante, une femme arriva à l'hôtel tard le soir. Une fois encore, tout était réservé sauf la chambre hantée.

— J'y dormirai, fit-elle. Je n'ai pas peur des fantômes.

À peine s'était-elle glissée sous les draps que le fantôme surgit du placard. Ses doigts saignaient toujours, et une fois encore il gémit :

— Doigts sanglants ! Doigts sanglants !

Dès le premier coup d'œil, la femme se releva et prit la fuite.

Une semaine plus tard, un nouveau voyageur se présentait à la réception de l'hôtel. Lui aussi prit la chambre hantée.

Une fois installé, il sortit sa guitare et se mit à jouer. Bientôt, le fantôme apparut. Comme d'habitude, ses doigts saignaient, et comme d'habitude, il gémissait :

— Doigts sanglants ! Doigts sanglants !

L'homme, concentré sur sa guitare, ne lui accorda pas une miette d'attention. Mais le fantôme ne cessait de gémir, et ses doigts de saigner. Pour finir, le guitariste leva les yeux.

— C'est bon, là, on a compris ! s'énerva-t-il. T'as qu'à te mettre un pansement !

QUAND ELLE L'APERÇUT, ELLE POUSSA UN HURLEMENT ET PRIT SES JAMBES À SON COU

Où au gré de moult histoires de fantômes, nous croisons un homme devenu spectre même s'il l'ignore encore, un vaisseau pirate et son équipage ressortant de leur tombeau aquatique, et bien d'autres événements effroyables.

Quelque chose clochait

Un matin, John Sullivan se découvrit en train de marcher dans une rue du centre-ville. Il ne pouvait expliquer ce qu'il faisait là, comment il y était arrivé ni même d'où il venait. Il ignorait jusqu'à l'heure qu'il était. Voyant une femme qui marchait dans sa direction, il l'interpella :

— J'ai bien peur d'avoir oublié ma montre, lui dit-il avec un sourire. Pourriez-vous me donner l'heure ?

Quand elle l'aperçut, elle poussa un hurlement et prit ses jambes à son cou. John Sullivan ne tarda pas à se rendre compte qu'il faisait peur à tous les passants. Quand ils le voyaient arriver, ils se plaquaient contre les immeubles ou bien traversaient la rue ventre à terre pour l'éviter. *Je dois avoir quelque chose qui cloche*, songea John Sullivan. *Je ferais mieux de rentrer.*

Il héla un taxi, mais, après lui avoir jeté un coup d'œil, le chauffeur repartit pied au plancher et disparut au loin.

John Sullivan ne comprenait pas ce qui se passait et en concevait une terreur croissante. *Appelons à la maison*, pensa-t-il. *Quelqu'un pourra sûrement venir me chercher.* Il trouva donc un téléphone pour appeler son épouse, mais ce fut une voix inconnue qui lui répondit au bout du fil.

— Pouvez-vous me passer Mme Sullivan ? demanda-t-il.

— Non, elle est à un enterrement, répondit la voix. M. Sullivan est décédé hier dans un accident, en plein centre-ville.

L'ÉPAVE

Fred et Jeanne avaient beau étudier dans le même lycée, leur rencontre remontait au bal de Noël. Il était venu seul, et elle aussi. Fred ne tarda pas à se rendre compte que Jeanne était l'une des plus jolies filles qu'il eût jamais croisées. Ils dansèrent tous les deux presque toute la soirée.

À 23 heures, Jeanne lui glissa :

— Je vais devoir y aller. Tu peux me déposer ?

— Bien sûr, répondit-il. De toute façon, je dois rentrer, moi aussi.

— J'ai planté ma voiture dans un arbre sur le chemin du lycée, dit-elle. Je n'ai sans doute pas fait assez attention.

Fred la conduisit jusqu'à l'extrémité de Brady Road, dans un quartier qu'il ne connaissait pas très bien.

— Tu n'as qu'à me lâcher là, dit la jeune femme. La route est en mauvais état, à partir d'ici. Je finirai à pied.

Fred coupa le contact et lui tendit une guirlande de Noël.

— Tiens. J'ai récupéré ça au bal.

— Merci. Je vais la porter sur mes cheveux comme une couronne.

Et elle s'exécuta.

— Ça te dirait qu'on sorte ensemble, un de ces quatre ? hasarda Fred. On pourrait se faire un ciné…

— Carrément, ça pourrait être sympa, répondit Jeanne.

Peu après son départ, Fred prit conscience qu'il ne connaissait ni le nom de famille ni le numéro de téléphone de la jeune femme. *J'y retourne*, songea-t-il. *Cette route est forcément praticable.*

Il parcourut donc lentement Brady Road jusqu'à un bosquet touffu, sans jamais retrouver Jeanne. Au détour d'un virage, il aperçut l'épave d'une voiture au bord de la route. Le véhicule s'était encastré dans un arbre et avait pris feu. De la fumée continuait à s'en dégager.

Tout en courant jusqu'à la voiture, Fred distingua une silhouette coincée à l'intérieur, écrasée contre la colonne de direction.

C'était Jeanne. Sur sa tête trônait la guirlande de Noël qu'il lui avait offerte.

Un dimanche matin

Les dimanches matin, Ida se rendait invariablement à l'église pour l'office de 7 heures. D'ordinaire, elle entendait le tintement des cloches pendant son petit déjeuner. Mais, ce matin-là, elle était encore au lit quand le carillon retentit. *Ça veut dire que je suis en retard*, songea-t-elle.

Ida sauta donc hors de son lit, s'habilla en vitesse et sortit sans manger ni même jeter un coup d'œil à l'horloge. Il faisait encore sombre dehors, mais il n'y avait là rien de bien étonnant à cette époque de l'année. Ida marchait seule dans la rue, où régnait un tel silence que le seul bruit qui lui parvenait était le claquement de ses pas sur le trottoir. *Tout le monde doit déjà être à l'église*, pensa-t-elle.

Ida décida de couper par le cimetière, puis se glissa discrètement dans l'église où elle trouva un siège libre. L'office avait déjà commencé.

Quand elle eut repris son souffle, Ida regarda autour d'elle. L'église était remplie de gens qu'elle n'avait jamais vus. Mais sa voisine lui était familière, et Ida lui sourit. *C'est Josephine Kerr*, se rappela-t-elle soudain. *Mais c'est impossible ! Elle est morte il y a un mois !* Ida sentit alors un terrible malaise l'envahir.

Elle promena son regard sur l'assistance. À mesure que ses yeux s'habituaient à la pénombre, Ida vit des squelettes vêtus de robes et de costumes. *C'est un office pour les morts*, comprit-elle soudain. *Tout le monde ici est mort, sauf moi.*

Ida remarqua alors que certains membres de l'assistance l'observaient en retour. Ils avaient l'air en colère, comme si elle n'avait rien à faire ici. Josephine Kerr se pencha vers elle et lui chuchota :

— Si vous tenez à la vie, partez juste après la bénédiction.

Quand l'office toucha à sa fin, le pasteur entonna sa dernière prière.

— Le Seigneur te bénit et te garde, déclama-t-il. Le Seigneur fait briller son visage sur toi…

Ida ramassa son manteau et remonta vivement l'allée centrale jusqu'à la porte. Quand elle entendit des pas derrière elle, elle jeta un coup d'œil par-dessus son épaule : plusieurs morts se dirigeaient vers elle. D'autres se levaient pour se joindre à eux.

— Le Seigneur tourne sa face vers toi..., poursuivit le pasteur.

Ida avait si peur qu'elle se mit à courir. Elle franchit la porte à toute allure, pourchassée par une meute de spectres hurlants.

— Fiche le camp ! s'écria l'un d'entre eux.

— Ici n'est pas ta place ! rugit un autre avant d'agripper son manteau.

Tandis qu'Ida traversait le cimetière ventre à terre, un troisième lui arracha son chapeau.

— Et ne reviens pas ! gronda-t-il en agitant son bras osseux vers elle.

Le temps qu'Ida atteigne enfin la rue, le soleil s'était levé et les morts avaient disparu. *Est-ce vraiment arrivé ?* se demanda Ida. *Ou ai-je rêvé toute cette histoire ?*

Dans l'après-midi, une amie d'Ida lui rapporta son manteau et son chapeau – ou plutôt ce qu'il en restait. On les avait retrouvés dans le cimetière, réduits en lambeaux.

Bruits

La maison se dressait près de la plage. C'était une vieille et grande bâtisse inoccupée depuis bien des années. De temps à autre, quelqu'un en ouvrait une fenêtre ou une porte pour y passer la nuit, sans jamais s'y attarder bien longtemps le matin venu.

Trois pêcheurs pris dans une tempête vinrent s'y abriter, un soir. Avec un peu de bois sec trouvé à l'intérieur, ils allumèrent un feu dans la cheminée. Puis ils s'allongèrent sur le parquet pour se reposer… mais aucun d'entre eux ne trouva le sommeil cette nuit-là.

Ils commencèrent par entendre des bruits de pas à l'étage, comme si plusieurs personnes allaient et venaient, allaient et venaient. Quand l'un des pêcheurs s'écria : « Qui est là ? », les bruits cessèrent. Ils entendirent alors une femme hurler, son cri se muant en grognement avant de s'éteindre. Du sang se mit à goutter du plafond de la pièce où les trois hommes s'étaient réfugiés. Une petite mare rouge commençait à se former sur le parquet et à en pénétrer les lattes.

À l'étage, une porte se referma avec force, et une fois encore leur parvint un cri de femme. « Pas moi ! », hurlait-elle. Elle courait, manifestement ; ses talons hauts martelaient le couloir donnant sur le palier. « Je vais t'attraper ! », rugit

une voix d'homme, et le plafond tremblait sous ses pas puissants.

Puis le silence. Pas un bruit… du moins jusqu'à ce que l'homme qui avait crié se mette à rire. De longs éclats d'une effroyable hilarité emplirent alors la demeure, si fort et si longtemps que les pêcheurs crurent perdre la raison.

Quand il se tut enfin, les trois hommes perçurent le bruit de quelqu'un tirant au bas de l'escalier une lourde charge, qui heurtait bruyamment chaque marche. Ils l'entendirent ensuite traîner son fardeau à travers le vestibule jusqu'à la porte d'entrée. La porte s'ouvrit, se referma à la volée. Puis, de nouveau, le silence.

Soudain, un éclair aveuglant suivi d'un flamboiement verdâtre emplit la maison. Un visage épouvantable observait les pêcheurs depuis le couloir. Retentit alors un coup de tonnerre. Terrifiés, les trois hommes ressortirent en courant malgré l'orage.

Une étrange lumière bleue

Tard, un soir d'octobre 1864, un forceur de blocus confédéré dépassa à vive allure des canonnières de l'Union postées à l'entrée de la baie de Galveston, au Texas, et gagna le port sain et sauf, chargé de vivres et autres produits de première nécessité.

Louis Billings, le capitaine du petit vaisseau, s'apprêtait à jeter l'ancre quand un cri en provenance de l'équipage le fit sursauter.

« Une étrange et poussiéreuse goélette battant pavillon noir filait droit sur nous, raconta plus tard Billings. Elle émettait une étrange lumière bleu pâle qui en éclairait chaque détail.

» L'équipage manœuvrait dans les gréements et travaillait sur le pont sans nous accorder la moindre attention, ni même jeter un coup d'œil dans notre direction. Tous arboraient d'effroyables plaies béantes, et leurs yeux comme leurs visages étaient ceux de cadavres.

» L'homme qui avait hurlé était tombé à genoux pour prier entre deux claquements de dents. Surmontant la terreur qui me glaçait les sangs, j'ai couru jusqu'au bastingage en ordonnant à mes compagnons de venir voir. Et tout à coup, la goélette s'est évanouie sous mes yeux. »

Certains prétendent qu'il s'agissait du fantôme du *Pride*, le vaisseau du flibustier Jean Lafitte coulé au large de l'île de Galveston en 1821 ou 1822. On l'a revu plus tard, en 1892, cinglant les mêmes eaux et manœuvré par le même équipage.

Tombé du mât

Je m'étais engagé comme matelot à bord du *Falls of Ettrick*, un navire marchand en partance pour l'Angleterre. Un coup d'œil m'avait suffi à reconnaître le bateau depuis le port. Il s'agissait de ce bon vieux *Gertrude Spurshoe*. J'avais navigué à son bord du temps où sa coque était de brun et d'or. Désormais, on l'avait repeint en noir et rebaptisé, mais c'était bien le même rafiot, aucun doute là-dessus.

L'équipage réuni pour ce périple me paraissait impeccable, à l'exception d'un curieux lascar à la mine patibulaire nommé McLaren. C'était un honnête marin, mais il ne m'inspirait pas confiance. Taciturne et renfermé, il se mêlait peu aux autres.

Un jour, quelqu'un lui a appris que j'avais travaillé sur le *Gertrude Spurshoe*. Pour une raison inconnue, cela parut le troubler. Après ça, je l'ai surpris à me jeter toutes sortes de regards noirs, comme s'il rêvait de me poignarder dans le dos. Je me disais que c'était en lien avec le *Gertrude*, mais j'ignorais pourquoi.

Bref, ce jour-là, on tentait de s'extirper d'une méchante purée de poix si noire et si dense qu'on voyait à peine nos propres lanternes. Et c'était le calme plat. Pas un filet d'air.

Le navire se contentait de clapoter là, au creux de la vague, à se balancer et se balancer sans avancer d'un pouce.

J'étais de quart au milieu du pont, et McLaren se farcissait la barre. Le reste de l'équipage s'était réparti de-ci, de-là, silencieux comme une tombe.

Et puis tout à coup... BLAM ! V'là-t'y pas qu'un machin a atterri sur le pont, juste devant McLaren ! Le gars a laissé échapper un hurlement qui m'a glacé les sangs, puis s'est effondré, sans connaissance.

Le bosco s'est mis à gueuler que quelqu'un était tombé du mât. Étendu dans une mare de sang grandissante, au pied de la barre, gisait quelqu'un – ou quelque chose – vêtu d'un ciré. Le capitaine a filé récupérer une grosse lanterne dans sa cabine pour qu'on puisse voir qui c'est.

Des gars l'ont redressé pour qu'on lui éclaire la trogne. C'était un sacré gaillard, laid comme un pou. Mais

personne ne le connaissait et ne savait ce qu'il pouvait bien fiche ici. En tout cas, c'est ce qu'ils disaient.

Quand McLaren a repris ses esprits, on a essayé de lui tirer les vers du nez, mais il ne faisait que bredouiller sans rime ni raison et rouler de gros yeux hallucinés.

Tout le monde commençait à s'échauffer. Ce qu'on voulait, c'était balancer le cadavre par-dessus bord le plus vite possible. Il dégageait quelque chose de bizarre, comme s'il n'était pas réel.

Mais le capitaine se demandait s'il était bien sage de s'en débarrasser comme ça. « Et si c'était un passager clandestin ? », qu'il se demandait. Mais la cale était tellement remplie à craquer du bois d'œuvre qu'on transportait qu'il ne restait pas un centimètre de libre pour s'y planquer trois semaines durant, depuis qu'on avait pris le large. Et même si c'était un clandestin, quelle mouche l'avait donc piqué de grimper jusqu'au nid-de-pie par une journée pareille ? Ça ne servait à rien de monter là-haut. On n'y voyait goutte.

Pour finir, le capitaine a cédé et nous a dit de le foutre à la baille. Sauf que personne ne voulait le toucher. Le bosco nous a ordonné de le soulever, mais personne n'a esquissé un geste. Puis il a tenté de nous amadouer, sans effet.

Soudain, ce taré de McLaren s'est mis à beugler : « Je m'en suis déjà chargé une fois, je peux bien recommencer ! » Là-dessus, il a ramassé le macchabée et titubé jusqu'au bastingage. Alors qu'il s'apprêtait à le jeter par-dessus bord, le cadavre lui a enserré la taille de ses deux grands bras costauds et voilà qu'ils sont tombés tous les deux à la flotte ! Et pendant la chute, l'un d'entre eux est parti d'un gros rire atroce.

Le second nous a crié de mettre un canot à la mer, mais personne n'osait se foutre à l'eau, pas dans une nuit comme celle-là. On leur a bien lancé deux bouées de sauvetage, mais tout le monde savait que ça ne servirait à rien. Et voilà toute l'histoire. Enfin presque.

Dès mon retour à la maison, j'ai filé voir le vieux capitaine Spurshoe, qui commandait le *Gertrude* du temps où il naviguait encore.

« Eh bien, qu'il m'a dit, je me souviens de deux drôles de loustics montés à bord du *Gertrude*. L'un s'appelait McLaren, et l'autre était une vraie armoire à glace. Le gros n'arrêtait pas de s'en prendre à McLaren et de le brutaliser. Et McLaren jaspinait tout le temps qu'il finirait par se venger.

» Par une sombre nuit, humide et brumeuse, j'avais envoyé les deux se percher dans la mâture quand, brusquement, le grand baraqué est venu s'écraser au sol. La tête éclatée comme un hareng tout juste pêché.

» McLaren prétend que le marchepied qu'ils utilisaient s'est cassé et qu'il a bien failli tomber, lui aussi. Mais tous ceux qu'ont vu le cordage se rendent bien compte qu'il n'a pas lâché tout seul. En fait, on l'avait coupé au couteau.

» Après ça, chaque fois qu'on entrait dans un port, McLaren pensait qu'on allait lui envoyer la police aux trousses, et il verdissait de trouille. Mais on ne pouvait rien prouver, alors on a laissé couler. Au bout du compte, faut croire que le grand gaillard a pris les choses en main. Enfin, à condition de croire aux fantômes. »

Le petit chien noir

Billy Mansfield prétendait qu'un petit chien noir le suivait partout. Cependant, personne d'autre que lui ne le voyait, si bien qu'on le prenait pour un fou. Pour le repousser, Billy ne cessait de lui crier dessus ou de lui lancer des pierres. Mais le chien finissait toujours par revenir.

La première fois que Billy avait aperçu le chien, c'était après avoir abattu Silas Burton. Billy n'était alors qu'un jeune homme, mais les Burton et la famille de Billy se vouaient une haine tenace.

Voyant Silas chevaucher dans sa direction, Billy avait empoigné son fusil. Burton avait armé le sien. Mais Billy avait tiré le premier, touchant Burton dans le dos, l'arrachant à sa selle. La monture de Burton avait filé, et son fusil était tombé là où il ne pouvait l'atteindre.

Étendu au sol, il avait imploré Billy de l'épargner, mais celui-ci l'avait tué malgré tout. Le petit chien noir de Burton se trouvait au côté de son maître quand il avait rendu l'âme. Le chien n'arrêtait pas de lui lécher le visage, d'aboyer et de grogner sur Billy. De rage, ce dernier avait également abattu l'animal.

Le maintien de l'ordre laissait à désirer, en ce temps-là, de sorte que Billy n'avait pas été arrêté. Mais, cette nuit-là, il avait entendu le chien de Burton gratter à la porte de sa cabane et aboyer pour qu'il le laisse entrer. *C'est rien que mon imagination*, avait pensé Billy. *J'ai abattu ce chien. Il est mort.*

Mais, le lendemain matin, il avait *vu* le chien, qui l'attendait dehors. Depuis, pas un jour ne s'écoulait sans que l'animal survienne. Et pas une nuit sans qu'il l'entende gratter à la porte ou aboyer pour qu'il lui ouvre.

Par la suite, Billy retrouva constamment des poils de chien noir sur son canapé, sur le parquet, sur son lit et même sur sa nourriture. Sans compter que la maison et le jardin puaient le chien. Du moins, à en croire Billy.

Chaque fois qu'on lui disait qu'il n'y avait pas de chien dans les parages, il rétorquait : « Vous le voyez peut-être pas, vous autres, mais moi si. Et je suis pas plus fou que n'importe qui. »

Il en alla ainsi maintes années durant. Et puis, un matin, au plus fort de l'hiver, les voisins ne virent pas de fumée sortir de la cheminée de Billy. Quand ils allèrent frapper à sa porte, personne ne répondit. Un jour ou deux plus tard, on retrouva son cadavre dans le champ derrière sa cabane, gisant à même la neige.

Billy ne manquait pas d'ennemis, et on crut tout d'abord que quelqu'un lui avait réglé son compte. Mais son corps ne présentait aucune blessure, et les seules empreintes des environs lui appartenaient.

D'après le médecin, Billy était probablement mort de vieillesse. Il y avait toutefois quelque chose de bizarre. Quand ses voisins trouvèrent Billy, des poils de chien noir recouvraient ses vêtements. Il en avait même quelques-uns sur le visage. Et une odeur de chien régnait dans le champ. Pourtant, personne n'aperçut le moindre animal dans les environs.

Cliqueti-clic

Un jour, une vieille dame tomba malade et mourut. En l'absence de famille ou d'amis, ce furent ses voisins qui embauchèrent un fossoyeur pour creuser sa tombe. Ils commandèrent également un cercueil, qu'ils disposèrent dans son salon. Comme l'exigeait la tradition, ils lavèrent sa dépouille et la vêtirent de ses meilleurs atours avant de la placer dans le cercueil.

Elle était morte les yeux grands ouverts, fixant tout autour d'elle sans rien voir. Les voisins trouvèrent deux dollars en argent dans sa commode et les placèrent sur ses paupières pour les maintenir fermées.

Enfin, ils allumèrent des bougies et la veillèrent, afin qu'elle ne se sente pas trop seule la première nuit de sa mort. Le lendemain matin arriva le prêtre, qui prononça une prière. Puis chacun repartit chez soi.

Plus tard, le fossoyeur se présenta pour l'emporter au cimetière et l'enterrer. Une fois à pied d'œuvre, il remarqua les dollars en argent posés sur ses yeux et les prit en main. Comme ils étaient lisses et brillants ! Comme ils étaient épais et lourds ! *Ils sont magnifiques*, songea-t-il. *Tout simplement magnifiques.*

Il avisa la vieille dame. Avec ses yeux grands ouverts, elle donnait tant l'impression de le regarder, de surveiller

ce qu'il faisait avec ses dollars qu'il en conçut un certain malaise. Aussi replaça-t-il les pièces sur ses yeux pour les refermer.

Mais, comme de leur propre chef, ses mains empoignèrent les deux dollars et les fourrèrent dans sa poche. Puis il s'empara d'un marteau et s'empressa de refermer le couvercle du cercueil.

— Comme ça, tu ne peux plus rien voir ! lui dit-il.

Il l'emmena ensuite au cimetière et l'enterra aussi vite que possible. De retour chez lui, le fossoyeur mit les deux dollars dans une boîte en fer-blanc, qu'il secoua. Les pièces produisaient un joyeux bruit de crécelle, mais le fossoyeur se sentait tout sauf joyeux. Il ne parvenait pas à oublier ces yeux qui l'avaient observé.

Quand vint la nuit, un orage se leva et le vent se mit à souffler, si fort que la maison parut vibrer. Il pénétrait à l'intérieur par les fissures, le contour des fenêtres et le conduit de cheminée.

FWOU-HOUUUUU-OU-OU-OU ! faisait-il. *Fwii, fwii*, FWOU-HOUUUUU-OU-OU-OU ! Dans l'âtre, le feu flamboyait et vacillait.

Le fossoyeur remit du bois dans la cheminée, puis se glissa dans son lit et remonta sa couverture jusqu'au menton.

Le vent continuait de souffler. FWOU-HOUUUUU-OU-OU-OU ! faisait-il. *Fwii, fwii*, FWOU-HOUUUUU-OU-OU-OU ! Le feu flamboyait et vacillait et projetait sur les murs des ombres épouvantables.

Le fossoyeur ne cessait de penser aux yeux de la morte qui l'avaient observé. Le vent soufflait de plus en plus fort, et le feu flamboyait et vacillait et crépitait et craquait, et la peur enflait dans l'esprit de l'homme alité.

Soudain, il entendit un autre bruit. *Cliqueti-clic, cliqueti-clic. Cliqueti-clic, cliqueti-clic.* C'était le bruit de crécelle des deux dollars d'argent dans leur boîte en fer-blanc.

— Hé ! s'écria le fossoyeur. Qui c'est qui touche à mes sous ?

Mais, pour toute réponse, il n'y eut que le vent qui soufflait *Fwii, fwii*, FWOU-HOUUUUU-OU-OU-OU ! Et le feu qui flamboyait et vacillait et crépitait et craquait, et les pièces qui tintaient *cliqueti-clic, cliqueti-clic.*

Il se releva d'un bond, partit verrouiller la porte à l'aide d'une grosse chaîne et regagna sa couche en toute hâte. Mais à peine sa tête avait-elle touché l'oreiller qu'il entendit : *Cliqueti-clic, cliqueti-clic.*

Puis il perçut quelque chose d'autre, dans le lointain. C'était une voix qui se lamentait : « Où est mon argent ? Qui a volé mon argent ? Quiiiiii ? Quiiiiii ? »

Et le vent soufflait *Fwii, fwii*, FWOU-HOUUUUU-OU-OU-OU ! Et le feu flamboyait et vacillait et crépitait et craquait, et les sous tintaient *cliqueti-clic, cliqueti-clic.*

Le fossoyeur était terrifié, à présent. Il ressortit du lit, poussa tous ses meubles contre la porte et posa une lourde poêle en fonte sur la boîte en fer-blanc. Puis il sauta sous les draps et enfouit sa tête sous la couverture.

Mais l'argent carillonnait de plus belle, et au loin une voix criait : « Rendez-moi mon argent ! Qui a volé mon argent ? Quiiiiii ? Quiiiiii ? » Et le vent soufflait et le feu flamboyait et vacillait et crépitait et craquait, et le fossoyeur tremblotait et grelottait et larmoyait : « Oh, Seigneur, Seigneur ! »

Soudain, la porte d'entrée s'ouvrit à la volée et le fantôme de la morte fit irruption dans la chaumière, ses grands yeux écarquillés fixant tout sans rien voir. Et le vent soufflait *Fwii, fwii*, FWOU-HOUUUUU-OU-OU-OU ! Et les sous tintaient *cliqueti-clic, cliqueti-clic*, et le feu flamboyait et vacillait et crépitait et craquait, et le fantôme de la morte gémissait : « Oh, où est mon argent ? Qui a volé mon argent ? Quiiiiii ? Quiiiiii ? » Et le fossoyeur larmoyait : « Oh, Seigneur, Seigneur ! »

Le fantôme pouvait entendre l'argent qui faisait *cliqueti-clic, cliqueti-clic* dans la boîte en fer-blanc. Mais ses yeux morts et aveugles l'empêchaient d'y voir. Elle tendit donc les bras pour les chercher.

(À ce stade de l'histoire, mettez-vous debout, levez les bras et faites mine de tâtonner dans le vide.)

Le vent soufflait *Fwii, fwii*, FWOU-HOUUUUU-OU-OU-OU ! Et les sous faisaient *cliqueti-clic, cliqueti-clic* ! Et le feu flamboyait et vacillait et crépitait et craquait, et le fossoyeur tremblotait et grelottait et larmoyait : « Oh, Seigneur, Seigneur ! » Et la morte se lamentait : « Rendez-moi mon argent ! Qui a volé mon argent ? Quiiiiii ? Quiiiiii ? »

(Sur ces mots, sautez sur l'un de vos auditeurs et hurlez…)

— C'EST *TOI* QUI L'AS VOLÉ !

ELLE CRACHAIT ET SIFFLAIT COMME UNE CHATTE

Où nous croisons un coffre vide,
une voisine qui se transforme en chat,
un drôle de tambour,
des saucisses fort savoureuses
et bien d'autres choses terribles encore.

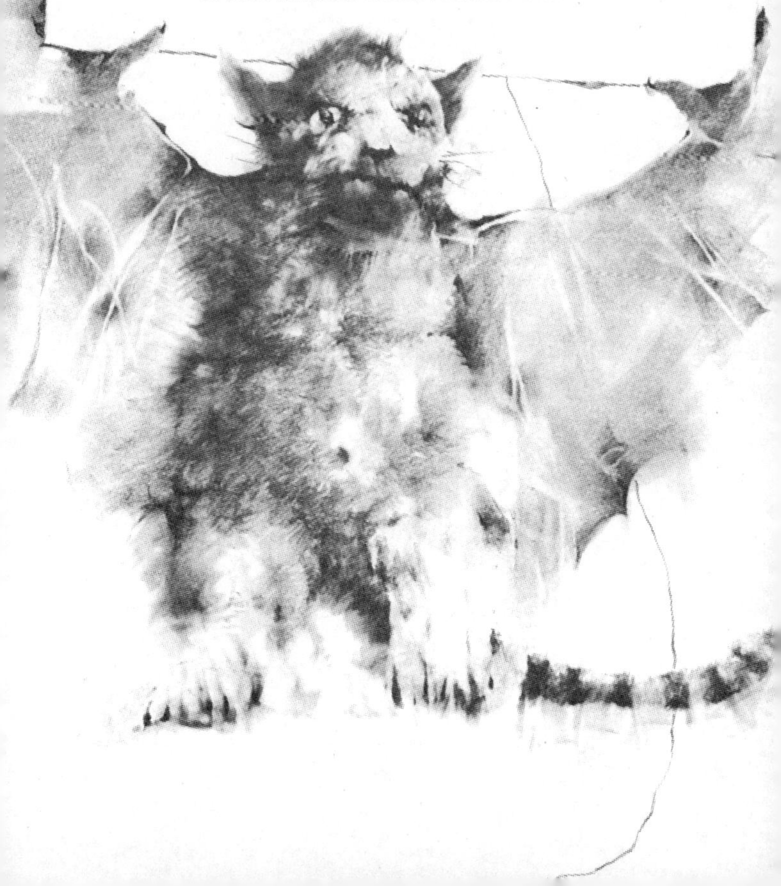

La jeune mariée

La fille du pasteur venait de se marier. Une fois célébrées, les noces laissèrent place à une grande fête, pleine de musique, de danse, d'épreuves et de jeux… Des jeux auxquels tous, petits et grands, finirent par se prêter.

Quand ils en vinrent à jouer à cache-cache, la jeune mariée décida d'aller se cacher dans le vieux coffre de son grand-père, au fond du grenier. *Ils ne me retrouveront jamais là-dedans*, pensa-t-elle.

Alors qu'elle grimpait dans le coffre, l'épais couvercle retomba et lui heurta le crâne avec tant de force qu'elle sombra dans l'inconscience. Emporté par sa chute, le couvercle enclencha ses loquets et se verrouilla, enfermant la pauvre petite.

Nul ne saura jamais combien de temps elle cria à l'aide ou lutta pour se libérer de cette prison. Tout le monde dans le village partit à sa recherche, mais personne ne songea à regarder dans le coffre. Au bout d'une semaine, son jeune époux et tous les autres baissèrent les bras.

Bien des années plus tard, une femme de ménage monta au grenier, espérant y trouver l'ustensile dont elle avait besoin. *Quelqu'un l'aura peut-être fourré dans ce coffre*, se dit-elle. Elle l'ouvrit… et poussa un hurlement. Au fond du coffre gisait la mariée disparue, devenue depuis un squelette vêtu d'une somptueuse robe.

Des bagues à ses doigts

Daisy Clark était dans le coma depuis plus d'un mois quand le médecin déclara sa mort. Elle fut enterrée par une fraîche journée d'été, dans un petit cimetière situé à deux kilomètres environ de chez elle.

— Qu'elle puisse à jamais y demeurer en paix, déclara son époux.

Mais ce ne fut pas le cas. Tard, ce soir-là, un pilleur de tombes muni d'une pelle et d'une lanterne entreprit de la déterrer. La terre étant encore meuble, il n'eut aucun mal à atteindre le cercueil et à l'ouvrir.

Il avait eu le nez creux. Daisy avait été inhumée avec deux bagues de grande valeur : une alliance sertie d'un beau diamant et un anneau dont le rubis brillait de mille feux, comme animé d'une vie propre.

Le voleur s'agenouilla et plongea les mains dans le cercueil pour s'emparer des bijoux. Ceux-ci, cependant, restèrent obstinément accrochés aux doigts du cadavre. Le seul moyen de les obtenir, décida le pilleur de tombe, était de couper les doigts de la morte au moyen d'un couteau.

Mais quand il eut sectionné l'annulaire, celui-ci se mit à saigner, et Daisy Clark à s'ébrouer. Soudain, elle se redressa ! Terrifié, le voleur voulut se relever. Dans sa précipitation, il renversa la lanterne d'un coup de pied et la flamme s'éteignit.

Il entendit alors Daisy émerger de sa tombe. Lorsqu'elle le dépassa dans les ténèbres, il n'esquissa pas un geste, paralysé par la peur, son couteau toujours en main.

Quand Daisy l'aperçut, elle arracha le suaire qui l'entourait et demanda :

— Qui êtes-vous ?

À peine le voleur eut-il entendu ce « cadavre » parler qu'il prit ses jambes à son cou ! Daisy haussa les épaules et poursuivit sa route sans jamais regarder en arrière.

Épouvanté et hébété, le voleur s'enfuit toutefois dans la mauvaise direction. Il bascula tête la première dans la sépulture béante, dégringola et s'empala sur son propre couteau. Tandis que Daisy rentrait chez elle, le pilleur de tombes se vidait de son sang.

Le tambour

Il était une fois deux sœurs. Dolores avait sept ans et Sandra cinq. Elles vivaient dans une petite chaumière à la campagne, en compagnie de leur mère et d'Arthur, leur petit frère. Leur père, marin de profession, avait pris la mer pour de longs mois.

Un jour, alors que Dolores et Sandra couraient dans un champ voisin, elles rencontrèrent une petite gitane qui jouait du tambour. Sa famille faisait étape ici quelques jours durant.

À mesure que la fillette jouait, deux petits automates – un homme et une femme – sortirent du tambour et se mirent à danser. Dolores et Sandra n'avaient jamais vu pareil tambour, et elles implorèrent la gitane de le leur offrir. Celle-ci les regarda de pied en cap et éclata de rire.

— Je vous le donnerai, promit-elle, mais à une seule condition : que vous soyez vraiment vilaines. Revenez demain pour me raconter toutes les bêtises que vous avez faites, et je déciderai.

À peine rentrées chez elles, les deux sœurs se mirent à s'égosiller, contrevenant aux règles de la maisonnée. Puis elles dessinèrent sur les murs au crayon gras. Au dîner, elles renversèrent leur soupe. Et quand vint l'heure d'aller au lit, elles refusèrent de se coucher. Elles firent tout ce qu'elles pouvaient pour énerver leur mère. Bref, elles se montrèrent fort vilaines.

Tôt le lendemain matin, elles filèrent retrouver la petite gitane.

— On a été très vilaines hier, lui annoncèrent-elles. Alors donne-nous le tambour, s'il te plaît.

Mais quand elles lui racontèrent ce qu'elles avaient fait, la gitane ricana :

— Oh, il faudra faire bien pire que ça si vous voulez ce tambour.

À peine rentrées chez elles, Dolores et Sandra arrachèrent toutes les fleurs du jardin. Elles libérèrent le cochon et le poussèrent à s'enfuir. Elles déchirèrent leurs vêtements. Se roulèrent dans la boue. Bref, elles se montrèrent plus vilaines encore que la veille.

— Si vous n'arrêtez pas, les avertit leur mère, je partirai et j'emporterai Arthur avec moi. Et vous aurez une nouvelle mère avec des yeux en verre et une queue en bois.

La menace effraya Dolores et Sandra. Elles aimaient leur mère et leur petit frère. Ne pouvant imaginer vivre sans eux, elles fondirent en larmes.

— Je n'ai aucune envie de vous abandonner, reprit leur mère. Mais si vous ne changez pas de comportement, je n'aurai pas le choix.

— On sera gentilles, promirent les fillettes.

Cependant, elles ne croyaient pas vraiment que leur mère partirait.

— Elle veut juste nous faire peur, déclara plus tard Dolores.

— Demain, on récupère le tambour, dit Sandra. On redeviendra gentilles après ça.

Tôt le lendemain matin, elles partirent à la rencontre de la petite gitane. Cette dernière jouait du tambour de nouveau, et le petit homme et la petite femme dansaient.

Elles racontèrent à la petite fille combien elles s'étaient mal comportées la veille.

— Ça devrait suffire pour le tambour, hein ? demandèrent-elles.

— Oh que non, répondit la gitane. Il va falloir faire bien *pire* que ça.

— Mais on a promis à notre maman d'être gentilles, à partir de maintenant.

— C'est vous qui voyez, rétorqua la fillette. Mais si vous voulez vraiment ce tambour, il faudra vous comporter bien plus mal.

— Encore un jour, c'est tout, dit Dolores à sa sœur. Après, le tambour sera à nous.

— J'espère que tu as raison, répondit Sandra.

À peine rentrées chez elles, elles battirent le chien à coups de bâton. Elles cassèrent la vaisselle. Elles découpèrent leurs vêtements en lambeaux. Elles fessèrent même leur petit frère Arthur.

Leur mère se mit à pleurer.

— Vous n'avez pas tenu votre promesse, dit-elle.

— On se tiendra bien, affirma Dolores.

— Promis juré, ajouta Sandra.

— Je ne tiendrai pas un jour de plus, dit leur mère. Faites au mieux.

Tôt le lendemain matin, avant le réveil de leur mère, Dolores et Sandra coururent retrouver la petite gitane. Elles lui racontèrent toutes les bêtises qu'elles avaient faites la veille.

— On a été affreuses, dit Sandra.

— Pire que jamais, renchérit Dolores. On peut avoir le tambour, maintenant ?

— Non, répondit la gitane. Je n'ai jamais eu l'intention de vous le donner. Je me payais juste votre tête. Je pensais que vous le saviez.

Effondrées et en larmes, les deux fillettes regagnèrent leur chaumière à toutes jambes. Mais leur mère et Arthur avaient disparu.

— Ils ont dû sortir faire les courses, dit Dolores. Ils reviendront bientôt.

Mais ils n'étaient toujours pas revenus à l'heure du déjeuner. Dolores et Sandra se sentaient seules et effrayées. Elles errèrent à travers champs jusqu'au soir.

— Ils seront peut-être rentrés à notre retour, hasarda Dolores.

Une fois revenues, elles virent à travers les vitres que les lampes étaient allumées et qu'un feu brûlait dans la cheminée. Mais elles n'aperçurent ni leur mère ni Arthur. À la place, il y avait leur nouvelle maman… dont les yeux miroitaient et la queue en bois battait le parquet.

La fenêtre

Margaret et ses frères, Paul et David, habitaient une petite maison au sommet d'une colline, à l'orée du village.

Il faisait si chaud, un soir d'été, que Margaret ne parvenait pas à trouver le sommeil. Assise dans son lit, dans les ténèbres de sa chambre, elle regardait la lune progresser dans le ciel. Soudain, quelque chose attira son attention.

Elle vit deux petites lumières jaune-vert évoluer dans les bois qui bordaient le cimetière, au pied de la colline. On aurait dit les yeux de quelque animal, mais impossible pour la jeune femme de déterminer à quelle créature ils appartenaient.

Sous peu, la bête sortit du bois et se mit à gravir la colline en direction de la maison. Pendant quelques minutes, Margaret la perdit de vue. Puis elle l'aperçut en train de traverser le jardin et se dirigeant droit vers sa fenêtre. Ça ressemblait à un homme, mais pas vraiment.

Margaret était terrifiée. Elle aurait voulu s'enfuir, mais la porte de sa chambre se trouvait près de la fenêtre. Elle craignait que la créature ne la repère et ne l'attaque avant qu'elle ne soit parvenue à quitter la pièce.

Quand l'intrus fit demi-tour et partit dans une autre direction, Margaret s'élança vers la porte. Mais, avant qu'elle n'ait pu l'ouvrir, la bête était revenue. À travers la fenêtre, la jeune femme se retrouva face à un visage flétri et ratatiné évoquant une momie. Son regard jaune-vert scintillait comme celui d'un chat. Elle voulut hurler, mais sa peur était telle qu'elle ne put émettre le moindre son.

La créature fracassa un carreau, ôta le loquet de la fenêtre et rampa à l'intérieur. Margaret voulut fuir, mais le monstre la saisit au passage. Après avoir noué ses longs doigts osseux dans ses cheveux, il lui tira la tête en arrière et plongea ses crocs dans sa gorge.

Margaret glapit, puis s'évanouit. Quand ses frères entendirent son cri perçant, ils se ruèrent dans sa chambre. Mais le temps qu'ils réussissent à déverrouiller la porte, la créature avait pris la fuite. Margaret gisait sur le parquet, en sang et inconsciente. Tandis que Paul s'évertuait à contenir l'hémorragie, David pourchassa la créature en bas de la colline, jusqu'au cimetière. Il perdit toutefois bientôt sa trace.

La police attribua l'agression à un aliéné échappé de l'asile, qui se prenait sans doute pour un vampire.

Quand Margaret fut rétablie, ses frères voulurent l'installer dans une autre pièce, plus difficile à investir. Mais la jeune femme refusa. La créature ne reviendrait pas, elle en était persuadée. Au cas où, cependant, Paul et David conservèrent des pistolets chargés dans leurs chambres.

Une nuit, bien des mois plus tard, Margaret fut réveillée par un grattement à sa fenêtre. Quand elle ouvrit les yeux, elle vit le même visage flétri et ratatiné qui l'observait.

Cette nuit-là, ses frères entendirent ses cris à temps. Ils traquèrent l'intrus jusqu'au pied de la colline, où David lui tira dessus, l'atteignant à la jambe. Malheureusement, la créature parvint à escalader le mur du cimetière et à disparaître dans un vieux caveau délabré.

Le lendemain, Margaret et ses frères regardèrent le sacristain desceller le caveau. À l'intérieur les attendait un effroyable spectacle : cercueils fracassés, ossements et morceaux de chair décomposée jonchaient le sol.

Un seul cercueil restait intact. Quand le sacristain l'ouvrit, ils y trouvèrent la créature au visage ratatiné qui avait attaqué Margaret. La balle tirée par David, logée dans sa jambe, prouvait qu'il s'agissait bien de l'agresseur.

Ils firent la seule chose qu'ils savaient faire pour se débarrasser d'un vampire. Le sacristain érigea un bûcher à l'entrée du caveau et jeta le corps flétri dans les flammes. Ils regardèrent le cadavre brûler jusqu'à ce qu'il soit réduit en cendres.

Merveilleuse saucisse

Par une nuit sombre et pluvieuse, un boucher replet et jovial dénommé Samuel Blunt se disputa violemment avec Eloise, son épouse, au sujet du budget du couple. Dans un moment de rage aveugle, Blunt tua Eloise. Aux abois, il la broya en chair à saucisse et enterra ses os sous une grosse pierre plate du jardin. Afin de dissiper tout soupçon, il raconta à tout le monde qu'elle l'avait quitté.

Blunt mélangea sa nouvelle chair à saucisse avec de la viande de porc, l'assaisonna de sel et de poivre, puis ajouta un peu de sauge, de thym et une pincée d'ail. Afin de lui conférer un goût bien à elle, il la mit à boucaner dans son fumoir pendant quelque temps. Il la baptisa : « la recette spéciale de Blunt ».

Cette nouvelle saucisse eut tant de succès que Blunt acheta les plus beaux cochons du marché et se mit à élever ses propres porcs. Il resta également à l'affût de spécimens humains susceptibles d'agrémenter sa chair à saucisse.

Un jour, une belle institutrice bien enrobée entra dans sa boutique. Blunt s'empara d'elle et la passa dans son hachoir. Plus tard vint le tour du dentiste de Blunt. C'était un petit homme ventripotent. Hop, dans le hachoir ! Un par un, les enfants du quartier se mirent à disparaître, ainsi que leurs chiots et chatons. Mais personne n'aurait jamais pu imaginer que le responsable n'était autre que Blunt le boucher.

Il en alla ainsi pendant plusieurs années, jusqu'au jour où Blunt commit une terrible erreur. Un gros garçon entra dans la boucherie. Blunt se saisit de lui et voulut l'entraîner vers le hachoir à saucisse, mais l'enfant parvint à se libérer et à s'enfuir. Blunt lui courut après en agitant un énorme couteau de boucher.

Quand les gens l'aperçurent, ils comprirent soudain ce qu'il était advenu de tous ces enfants, adultes, chiots et chiens disparus. Une foule en colère se rassembla devant la boutique du boucher. Nul ne sait vraiment ce qui arriva à Blunt, ce jour-là. Certains racontent qu'il fut livré à ses porcs. D'autres qu'il fut poussé dans son hachoir. Toujours est-il qu'on ne l'a jamais revu… et sa merveilleuse chair à saucisse non plus.

La patte du chat

Quelqu'un s'amusait à voler la viande que Jed Smith conservait dans son fumoir. Chaque jour, un jambon ou une tranche de lard disparaissait. Excédé, Jed décida de mettre un terme à ces larcins. Une nuit, il se cacha dans le fumoir armé d'un fusil et attendit le voleur.

Il n'eut pas à patienter longtemps, car une chatte noire se faufila bientôt à l'intérieur. C'était le plus gros chat que Jed eût jamais vu. Quand elle bondit pour s'emparer d'un gros jambon pendu au plafond, Jed saisit son fusil et alluma la lumière. Mais, au lieu de s'enfuir, la chatte lui sauta dessus. Il tira et lui pulvérisa une patte.

Jed était persuadé d'avoir entendu une femme crier juste après le coup de feu. La chatte se mit à tourner dans tous les sens, à cracher et miauler de douleur, puis elle fila dans la cheminée et disparut.

Jed regarda la patte coupée... qui n'en était plus une. C'était désormais un pied de femme qui gigotait sur le sol, ensanglanté et déchiqueté. *Ma voleuse était donc une sorcière*, comprit-il.

Au même instant, l'un des voisins de Jed répondant au nom de Burdick dévalait la rue pour trouver un médecin. Sa femme venait de perdre son pied dans un terrible accident, apprit-il à Jed.

— Elle saigne terriblement !

Le médecin arriva juste à temps pour la soigner. Ceux qui assistèrent à la scène racontèrent par la suite qu'elle « crachait et sifflait comme une chatte ».

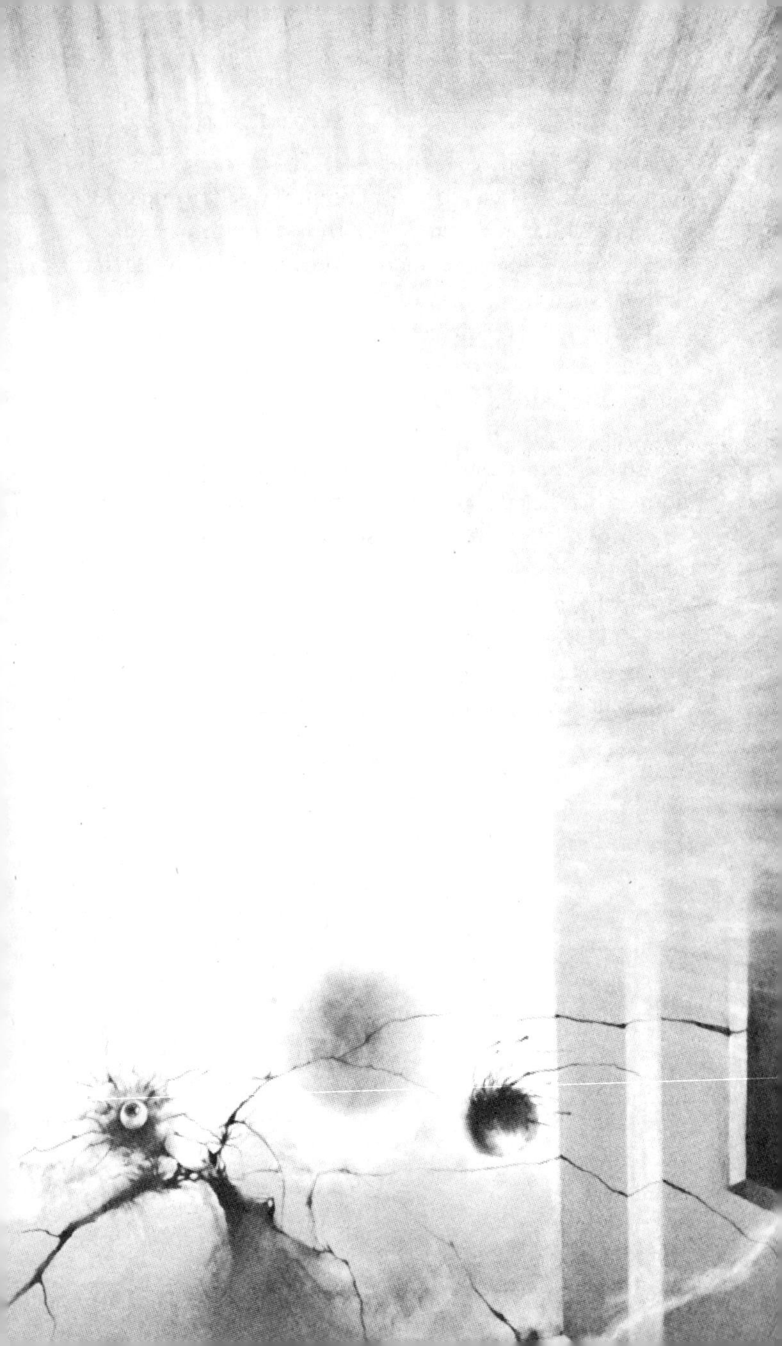

La voix

Ellen venait tout juste de s'endormir quand elle entendit une drôle de voix.

« *Ellen*, murmurait-elle. *Je monte l'escalier.* »

« *Je gravis la première marche.* »

« *Et maintenant, la deuxième.* »

Ellen eut si peur qu'elle appela ses parents, mais ceux-ci ne l'entendirent pas.

Puis la voix chuchota : « *Ellen, j'arrive sur la dernière marche.* »

« *Et me voilà sur le palier.* »

« *Je suis devant ta chambre.* »

Puis elle murmura : « *Je suis juste à côté de ton lit.* »

Et puis :

« *JE TE TIENS !* »

Ellen hurla et la voix s'interrompit. Son père accourut alors dans la chambre et alluma la lumière.

— Il y a quelqu'un dans ma chambre ! s'écria Ellen.

Mais ils eurent beau chercher, ils ne trouvèrent personne.

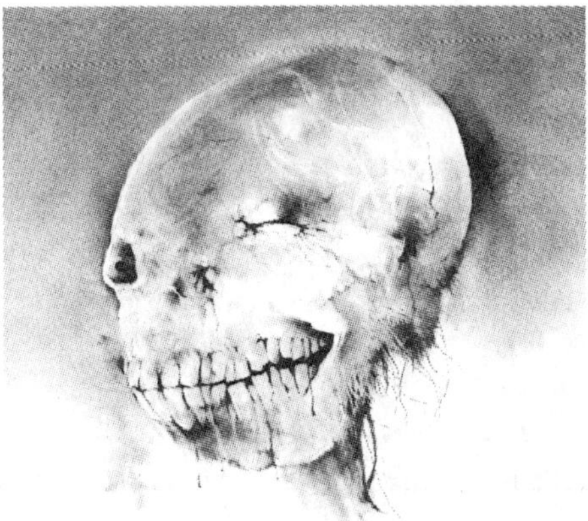

AU RÉVEIL, TOUT REDEVIENDRA COMME AVANT

Où vous tremblerez dans une rame de métro
un centre commercial
et d'autres endroits dangereux.

« Oh, Susannah ! »

Susannah et Jane partageaient un petit appartement près de l'université où elles étudiaient. Un soir, alors que Susannah rentrait de la bibliothèque, elle trouva toutes les lumières éteintes et Jane endormie. Susannah se déshabilla dans le noir et se mit rapidement au lit.

Elle commençait à s'endormir quand elle entendit quelqu'un fredonner la mélodie de la chanson « Oh, Susannah ! ».

— Jane, dit-elle. Arrête ça, s'il te plaît. J'aimerais dormir.

Sa colocataire ne répondit pas, mais le chant cessa aussitôt, et Susannah sombra dans le sommeil. Elle s'éveilla tôt le lendemain matin ; un peu trop tôt, même, si bien qu'elle tentait de se rendormir quand elle entendit de nouveau le fredonnement.

— Allez, rendors-toi, dit-elle à Jane. Il est trop tôt pour se lever.

Jane ne répondit pas, mais le murmure se poursuivit, et Susannah s'impatienta.

— Ça suffit ! lâcha-t-elle. Ce n'est pas drôle.

Constatant que sa voisine ne comptait pas s'arrêter, elle perdit son calme, bondit hors du lit, arracha la couverture de Jane… et hurla !

La tête de Jane avait disparu ! Quelqu'un l'avait décapitée !

Je fais un cauchemar, se dit Susannah. *Je fais un cauchemar et, à mon réveil, tout redeviendra comme avant…*

L'homme du milieu

Il était presque minuit lorsque Sally atteignit la station de la 50e Rue et monta dans le métro, après avoir rendu visite à sa mère.

— Ne t'en fais pas, l'avait rassurée Sally. Ça ne risque rien. Il y a toujours un policier en service, dans le métro.

Mais, cette nuit-là, elle n'en vit aucun. À part elle, il n'y avait personne dans la rame.

À la 42e Rue montèrent trois types à la mine patibulaire. Deux d'entre eux maintenaient le troisième, qui paraissait ivre. Sa tête dodelinait dans tous les sens, et ses jambes refusaient de le porter.

Quand ils l'eurent installé entre eux deux, sa tête retomba sur l'une de ses épaules. Croyant qu'il l'observait, Sally se concentra sur son livre et s'efforça de l'ignorer.

Arrivé à la station de la 28e Rue, l'un des hommes se leva.

— Prends soin de toi, Jim, dit-il à l'homme du milieu.

Puis il sortit.

À la 23e Rue, l'autre ami de Jim se leva.

— T'inquiète, ça ira mieux demain, déclara-t-il avant de gagner le quai.

Ne restaient plus dans la rame que Jim et Sally. Peu après, le métro emprunta un virage serré, et Jim s'effondra au sol aux pieds de Sally. En baissant les yeux sur lui, elle vit un ruisselet de sang sur le côté de sa tête et, juste au-dessus, le trou laissé par une balle de pistolet.

Le chat dans le sac de courses

Mme Briggs se rendait au centre commercial afin d'effectuer quelques achats de Noël de dernière minute quand elle écrasa par mégarde un chat qui traversait la route. Ne pouvant supporter de laisser le cadavre de la pauvre bête en proie aux roues des autres automobilistes, elle s'arrêta, enveloppa le chat dans des feuilles de papier cadeau qu'elle gardait dans sa voiture et le glissa dans le vieux sac de courses posé sur la banquette arrière. Elle comptait l'enterrer dans son jardin à son retour.

Une fois parvenue au centre commercial, elle gara sa voiture et monta à l'étage des magasins. Elle n'avait parcouru que quelques marches quand, du coin de l'œil, elle vit une femme passer le bras par la vitre entrouverte de sa portière et s'emparer du sac de courses contenant le chat mort. Puis la voleuse bondit dans une voiture voisine et s'enfuit pied au plancher.

Mme Briggs regagna son véhicule en courant et suivit la femme jusqu'à une petite gargote de bord de route. Après être rentrée à sa suite dans l'établissement, elle regarda sa voleuse s'installer à une table et commander son repas à la serveuse.

Tout en sirotant son soda, elle plongea la main dans le sac de courses qu'elle venait de dérober, puis, intriguée, se baissa pour l'inspecter. Une expression horrifiée se peignit alors sur son visage. Elle poussa un hurlement et s'évanouit.

La serveuse appela les secours. Peu après, deux ambulanciers emmenèrent la femme sur une civière. Ils oublièrent toutefois d'emporter le sac de courses. Mme Briggs le ramassa et courut pour les rattraper.

— C'est à elle, s'écria-t-elle. C'est son cadeau de Noël ! Elle ne voudrait le perdre pour rien au monde.

Le lit près de la fenêtre

Trois vieillards partageaient une chambre à la maison de retraite.

La pièce n'avait qu'une fenêtre, mais celle-ci constituait leur seul lien avec le monde extérieur. Le lit situé près de la fenêtre était celui de Ted Conklin, qui occupait la chambre depuis plus longtemps que les autres. À sa mort, son voisin – dénommé George Best – prit sa place et Richard Greene, le troisième, atterrit dans le lit de George.

Malgré sa maladie, George était un homme enjoué qui passait sa journée à décrire ce qu'il voyait depuis son lit : des jolies filles, un policier à cheval, un embouteillage, un camion de pizza, une caserne de pompiers et mille autres scènes de la vie quotidienne.

Richard n'aimait rien tant qu'écouter George. Mais plus il l'entendait parler du monde extérieur, plus il rêvait de le voir de ses propres yeux. Il savait toutefois que seule la mort de George lui en donnerait l'occasion. Il avait tant envie de regarder par cette fenêtre que, un jour, il décida de tuer son compagnon. *Il va mourir bientôt, de toute façon*, se dit-il. *Quelle différence ça fait ?*

George avait le cœur fragile. En cas d'attaque nocturne et dans l'éventualité où aucune infirmière ne venait s'occuper de lui assez vite, il disposait de pilules spéciales,

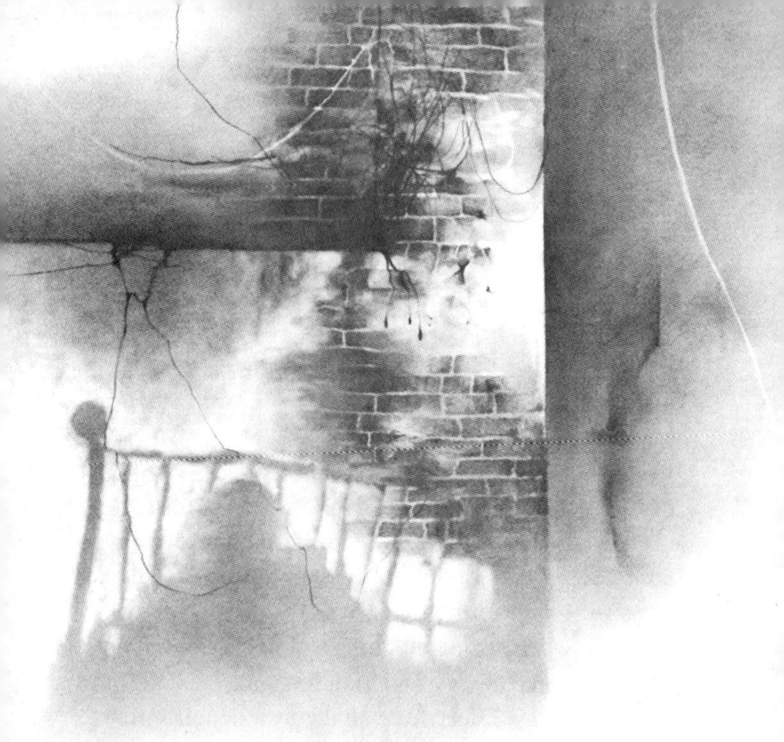

qu'il conservait dans un flacon posé sur la table de nuit qui séparait son lit de celui de Richard. Ce dernier n'eut donc qu'à faire tomber le flacon au sol, hors de portée de George.

Quelques nuits plus tard, George rendit l'âme exactement comme Richard l'avait prévu. Et, le lendemain matin, son assassin hérita du lit près de la fenêtre. À présent, il verrait lui-même toutes ces choses que George se plaisait tant à lui décrire.

Une fois les infirmières parties, Richard se tourna vers la fenêtre et regarda. Mais il ne vit rien d'autre qu'un mur de brique nu.

La main du mort

Les étudiantes de l'école d'infirmières s'entendaient plutôt bien entre elles… à l'exception d'Alice. Le problème d'Alice, c'est qu'elle était parfaite. Ou du moins les autres étudiantes la considéraient-elles comme telle.

Elle se montrait toujours aimable et enjouée. Rien ne la contrariait jamais. Elle rendait toujours ses devoirs en temps et en heure, et obtenait les meilleures notes. Elle ne se rongeait même pas les ongles.

La plupart des infirmières en devenir ne pouvaient pas la supporter. Elles auraient tant voulu la voir échouer à quelque chose, fondre en larmes, avoir peur… Bref, n'importe quoi susceptible de prouver qu'elle avait des faiblesses, tout comme elles.

Un soir, plusieurs étudiantes se réunirent pour faire une farce à Alice. Elles empruntèrent la main du cadavre qu'elles avaient étudié en cours d'anatomie et l'attachèrent à la ficelle de l'interrupteur de sa penderie. Ainsi, lorsqu'elle voudrait allumer la lumière, elle se retrouverait à tenir la main d'un mort.

— Voilà qui suffirait à terrifier n'importe qui, déclara l'une d'entre elles. Si ça, ça ne lui fait pas peur, rien ne le fera.

Après avoir installé la main, elles partirent toutes au cinéma. À leur retour, Alice dormait. Mais, en constatant

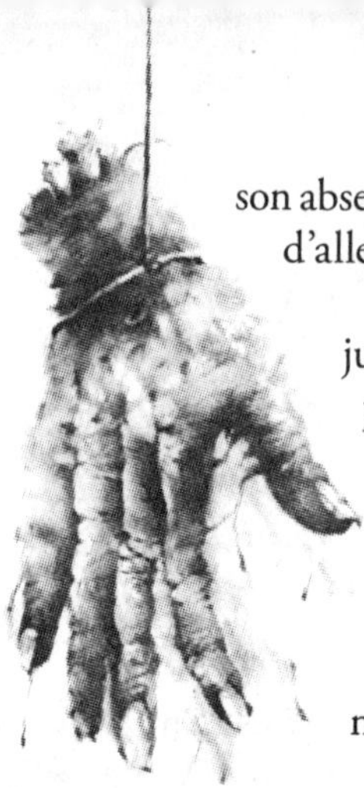

son absence le lendemain matin, elles décidèrent d'aller voir si tout allait bien.

La chambre d'Alice semblait vide, jusqu'à ce qu'elles retrouvent son occupante. Recroquevillée sur le sol dans sa penderie, Alice marmonnait des phrases incohérentes. Elle ne releva même pas la tête à l'apparition de ses camarades.

La « farce » avait fonctionné, mais elle ne faisait rire personne.

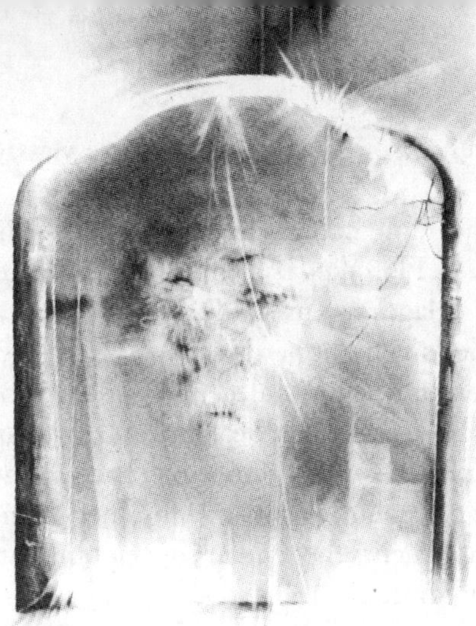

Un fantôme dans le miroir

Voici un jeu auxquels les jeunes gens s'adonnent parfois : tenter d'invoquer un fantôme dans le miroir de la salle de bains. Bon nombre d'entre eux ne croient pas *vraiment* qu'il apparaîtra, mais ils essaient malgré tout, pour s'amuser et frissonner.

Si certains se contentent de n'importe quel spectre, d'autres ont un esprit bien précis en tête. L'un de ces fantômes se nomme Mary Worth, également connue sous le nom de Mary Jane ou encore Bloody Mary. On raconte qu'il s'agit d'une véritable sorcière pendue lors du tristement célèbre procès des sorcières de Salem, dans le Massachusetts, en 1692.

Dans la même catégorie de fantômes, on trouve également « La Llorona », la Pleureuse qui arpente les rues des villes et villages texans, californiens et mexicains, à la recherche de son enfant perdu.

Citons enfin Mary Whales, une jeune femme censée avoir péri dans un accident de voiture à Indianapolis, en Indiana, aux alentours de 1965. Son spectre entre dans la catégorie des « auto-stoppeurs fantômes ». On raconte que, inlassablement, elle tend le pouce pour rentrer chez elle, puis disparaît une fois arrivée.

Voici comment les chasseurs de fantômes tentent de les invoquer :

1. Ils s'isolent dans une salle de bains, ferment la porte et éteignent la lumière.

2. Tout en fixant leur reflet du regard, ils répètent le nom du fantôme, généralement à quarante-sept ou cent reprises. S'ils ne souhaitent contacter aucun esprit en particulier, ils se contentent de dire « un fantôme » à la place du nom. S'ils parviennent à en invoquer un, son visage remplacera lentement le leur dans le miroir.

Certains prétendent que les esprits n'apprécient guère qu'on les dérange. Si le fantôme invoqué se met suffisamment en colère, on dit qu'il pourrait tenter de briser le miroir afin de pénétrer dans notre monde. Un joueur a cependant toujours la possibilité de rallumer la lumière et de renvoyer le fantôme d'où il est venu. Le cas échéant, le jeu s'arrête.

La malédiction

Charlie Potter, l'ami de mon père, était un petit homme nerveux qui regardait constamment par-dessus son épaule, comme s'il craignait quelque danger. Après qu'il m'eut raconté ce qui s'était passé dans sa fraternité étudiante, je compris pourquoi.

« La fraternité n'existe plus, de nos jours, dit-il. Elle a été dissoute il y a des années. À l'époque, on n'était que neuf membres et on s'apprêtait à accueillir deux nouveaux : Jack Lawton et Ernie Kramer.

» Un soir de janvier, à la même époque de l'année qu'aujourd'hui, on les a emmenés à la campagne pour les soumettre à leur initiation. On les a guidés au pied d'une vieille maison déserte où deux jeunes hommes d'environ notre âge venaient d'être assassinés. Leur meurtrier courait toujours.

» On a donné à Jack une bougie allumée et on lui a ordonné de monter au troisième étage. "Restes-y une heure, on lui a dit. Puis redescends. Ne parle pas. Ne fais pas un bruit. Si jamais ta bougie devait s'éteindre, attends dans le noir."

» Depuis l'extérieur, on pouvait suivre la progression de Jack grâce à la lumière de sa bougie. Escalier jusqu'au

premier étage, palier, escalier jusqu'au deuxième. Mais à peine avait-il atteint le troisième que sa bougie s'est éteinte.

» Sans doute la faute d'un courant d'air, a-t-on pensé. Mais quand, au bout d'une heure, il n'est pas redescendu, on s'est posé des questions. On a attendu quinze minutes de plus, de plus en plus nerveux.

» Alors on a envoyé Ernie Kramer le chercher. Lorsque Ernie est arrivé au troisième étage, sa bougie s'est éteinte à son tour. On a attendu dix minutes, vingt minutes, mais aucun d'eux n'a donné signe de vie. "Descendez !", a-t-on appelé, mais personne ne répondait.

» Pour finir, on s'est décidés à monter les chercher. Armés de lampes torches, on a grimpé l'escalier. Il régnait dans cette baraque un silence et une obscurité de tombeau. Quand on a atteint le deuxième palier, on les a appelés de nouveau. Toujours pas de réponse.

» Une fois arrivés au troisième étage, on a découvert une grande salle vaste comme un grenier. Jack et Ernie n'étaient pas là. Mais, dans la poussière, on a trouvé des traces de pas qui menaient jusqu'à une pièce à l'autre bout du grenier.

» Cette pièce était vide, elle aussi. Mais il y avait du sang frais sur le sol, et la fenêtre était grande ouverte.

Six ou sept mètres environ nous séparaient du sol, mais rien – ni corde ni échelle – ne permettait de descendre.

» On a ratissé la maison de fond en comble, puis la campagne alentour, sans jamais rien trouver. On a fini par se dire qu'ils nous faisaient une farce, qu'ils étaient sortis par la fenêtre d'une manière ou d'une autre, et qu'ils étaient partis se cacher dans les bois. Le sang sur le sol ne servait qu'à nous embobiner. C'était sûr, ils réapparaîtraient le lendemain en se moquant de nous et on se fendrait la poire. Mais non, on ne les a jamais revus.

» Le jour d'après, on a tout raconté au doyen de la fac, qui a prévenu la police. Les flics n'ont rien trouvé non plus, et ils ont abandonné leurs recherches au bout de plusieurs semaines. Jusqu'à aujourd'hui, personne ne sait ce que sont devenus Ernie Kramer et Jack Lawton.

» Il n'y a pas grand-chose à ajouter, conclut-il. On ne s'est pas fait arrêter, mais l'université a dissous la fraternité et nous a exclus pendant un an.

» Mais le plus étrange, dans cette histoire, c'est ce qui s'est passé après notre remise de diplômes. Quelqu'un a dû nous maudire, parce que chaque année depuis lors, à peu près à l'époque de l'initiation, l'un d'entre nous est mort ou devenu fou.

» Je suis le seul qui reste, dit-il, et je suis plutôt en bonne santé. Mais il m'arrive de me sentir un peu bizarre et de… »

(À ce stade, foncez sur l'un de vos auditeurs et hurlez…)

AAAAAAAAH !

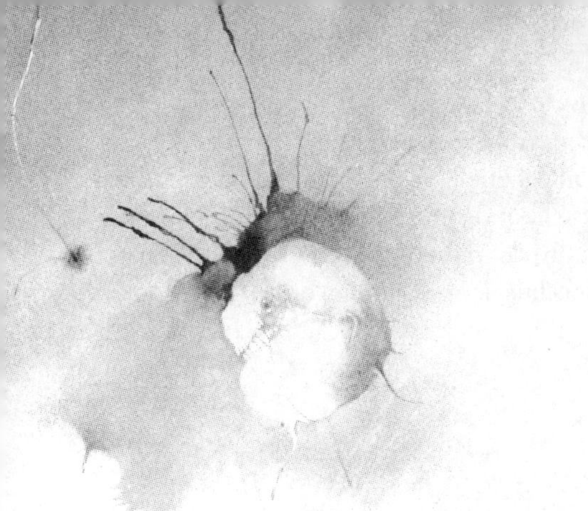

RIRA BIEN
QUI RIRA LE DERNIER

Où l'on frissonne en s'amusant.

L'ÉGLISE

Voici l'histoire d'un dénommé Larry Berger qui n'avait peur de rien ni de personne. Ou du moins de personne de vivant, car les morts lui collaient une frousse de tous les diables.

Un soir, Larry conduisait sa vieille Jeep en pleine campagne quand il fut surpris par un violent orage. La pluie tombait à verse, et, sa Jeep n'ayant pas de capote, Larry se mit à chercher un endroit où s'abriter.

Il ne ralentit cependant pas au premier lieu qu'il croisa. Il s'agissait d'une vieille cabane déserte, où il aurait très certainement pu se mettre au sec. Mais Larry savait de source sûre qu'elle était hantée, si bien qu'il refusait d'y mettre les pieds.

Quelques kilomètres plus loin, il atteignit une vieille église abandonnée, dressée seule au milieu d'un champ. Elle était fermée depuis des années. Si tous les vitraux avaient disparu, une partie de la charpente restait en bon état. Larry gara donc sa Jeep et s'élança à l'intérieur.

Il y faisait noir comme dans un four. Larry chercha un banc à tâtons et s'y assit. Enfin au sec et à l'abri, il étira les jambes et se mit à l'aise.

Soudain, il y eut un terrible éclair, à la faveur duquel Larry se rendit compte qu'il n'était pas seul dans l'église. Une foule de gens occupait presque chaque banc. Tous gardaient la tête baissée, comme en prière, et portaient des habits blancs.

Sans doute des fantômes vêtus de leurs linceuls, songea Larry. *Ils ont dû venir du cimetière voisin pour se mettre au sec.*

Larry se releva d'un bond, remonta l'allée centrale aussi vite que possible et percuta de front l'un des fantômes. Et le fantôme fit… BAA-A-AH !

La mauvaise nouvelle

Léon et Todd adoraient le base-ball. Dans leur jeunesse, ils avaient joué pour l'équipe locale : Léon en tant que lanceur, et Todd en seconde base. Puis ils avaient vieilli, et ils passaient désormais presque tout leur temps libre à regarder des matchs de base-ball à la télé et à parler sport.

— Tu penses qu'on joue au base-ball au paradis ? demanda Léon à Todd un jour.

— Bonne question, répondit Todd. Le premier arrivé n'a qu'à jurer d'avertir le second, le moment venu.

Ce moment vint pour Todd plus tôt qu'il ne croyait, et il partit au paradis le premier. Léon, qui attendit patiemment de ses nouvelles, le découvrit un jour assis dans son salon. Transporté de joie, il lui demanda :

— Alors, c'est comment là-haut ? Et pour le base-ball ?

— En ce qui concerne le base-ball, fit Todd, j'ai une bonne et une mauvaise nouvelle. La bonne, c'est qu'on y joue bien au paradis. On a même des équipes super. Je joue seconde base, comme au bon vieux temps. Voilà pour la bonne nouvelle.

— Et la mauvaise, alors ? demanda Léon.

— La mauvaise, c'est qu'on t'attend pour lancer demain.

Bouillon de cimetière

De retour du marché, une femme prit un raccourci à travers le cimetière. Là, saillant du sol, elle aperçut un gros os. Elle le ramassa et l'examina soigneusement.

— Que voilà un bel os à moelle, dit-elle. Il sera parfait en bouillon. Je m'en vais le rapporter chez moi. C'est le temps idéal pour un bon bouillon.

À peine arrivée, elle se mit aux fourneaux. Dans sa marmite pleine d'eau, elle glissa des carottes, des haricots verts, du maïs, de l'orge, des oignons, des pommes de terre, un peu de bœuf, du sel, du poivre et, enfin, l'os. Elle fit bouillir le tout, puis laissa mijoter à feu doux.

— Miam ! fit-elle après avoir humé et goûté sa mixture. J'ai hâte de dîner.

Soudain, elle entendit une petite voix.

— S'il vous plaît, rendez-moi mon os.

La femme n'y prêta pas attention. Bientôt, elle entendit de nouveau la voix.

— Pourriez-vous me rendre mon os, je vous prie ?

La femme lisait le journal et, une fois de plus, ignora la requête. Peu après, la petite voix se refit entendre. Elle commençait à vibrer de colère.

— *Rendez-moi mon os !*

La femme se concentrait sur sa lecture.

— Certaines personnes sont vraiment impatientes, marmonna-t-elle.

Une fois encore, la voix se manifesta. Elle paraissait cette fois *très* en colère, et gronda si fort que toute la maison trembla.

— JE VEUX QU'ON ME RENDE MON OS !

La femme plongea la main dans la marmite, saisit l'os et le jeta par la fenêtre. D'une voix tout aussi puissante, elle beugla :

— BAH, LE VOILÀ, TON OS !

Suivit un silence de mort, après quoi la femme entendit quelqu'un détaler sur la route menant au cimetière. Alors elle se leva et partit se servir un bol de bouillon.

Le costume brun

Une femme se présenta aux pompes funèbres afin de voir le corps de son époux.

— Vous avez fait du bon travail, dit-elle au croque-mort. Il est exactement comme je l'ai connu, à l'exception d'un petit détail. Mon mari portait toujours un costume brun, mais vous lui en avez mis un bleu.

— Aucun problème, répliqua le croque-mort. Ça peut s'arranger.

À sa prochaine visite, son époux portait un costume brun.

— Voilà, comme ça, c'est parfait, dit-elle. J'espère ne pas vous avoir trop embêté.

— Pas du tout, répondit-il. Pour tout vous avouer, j'ai ici un autre défunt qui portait un costume brun, et sa veuve aurait préféré du bleu. Comme il taille à peu près comme votre mari, on a juste eu à échanger.

— Il n'empêche qu'intervertir les vêtements a dû être fatigant.

— Pas vraiment. On s'est contentés d'échanger les têtes.

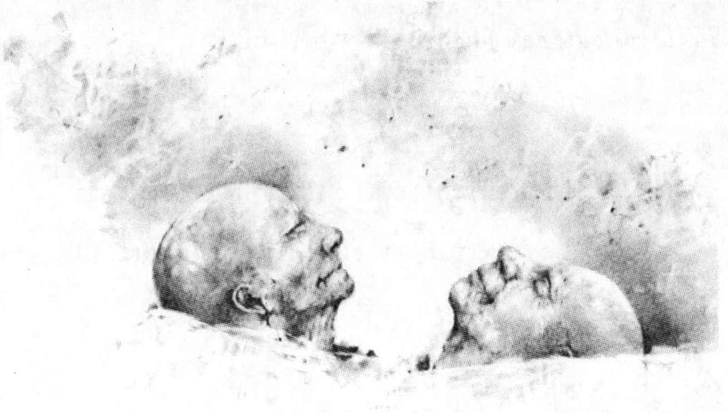

Ka-boum

O'Leary est mort,
Et O'Riley l'ignore.
O'Riley est mort,
Et O'Leary l'ignore.
Tous deux ont péri
Dans le même lit,
Et chacun des deux ignore
Que son voisin partage son sort.
KA-BOUUM ! KA-BOUUM !

Sur la mélodie de « The Irish Washerwoman ».

Tippiti-tap

Quand on a quitté Schoharie pour aller vivre à Schenectady, on a atterri dans une maison au loyer vraiment bon marché, tout ça parce qu'on disait qu'elle était hantée et que personne voulait vivre dedans. Mais nous, on s'en fichait, parce qu'on croit pas aux fantômes.

On venait de se mettre au lit le premier soir, vannés par une journée passée à crapahuter sur la route. On avait même pas eu le temps de fermer les yeux qu'on a entendu une sorte de *tippiti-tap*, *tippiti-tap* qui descendait les marches du grenier. J'ai eu beau m'enfouir la tête sous les couvertures, je continuais d'entendre ce bruit. *Tippiti-tap*, *tippiti-tap*, que ça faisait. Pas moyen d'y échapper.

C'est passé devant la chambre *tippiti-tap*, *tippiti-tap* et au bas de l'escalier *tippiti-tap*, *tippiti-tap* et dans la cuisine *tippiti-tap*, *tippiti-tap* et vers la cave *tippiti-tap*, *tippiti-tap* en faisant un barouf de tous les diables. On en pouvait plus. Alors on s'est levés pour voir ce qui se passait.

Quand on a descendu les marches de la cave, on a vu que c'était un fauteuil qui faisait ce boucan. L'était là, avec un de ses pieds pointé vers un coin de terre battue. On est tous restés là comme deux ronds de flan, sans bouger, jusqu'à ce qu'Ike, mon frangin, y dise qu'y croyait que le fauteuil voulait nous indiquer quelque chose.

Là-dessus, l'est parti chercher une pelle, et voilà qu'il se met à creuser. Il n'a pas eu à suer longtemps avant de cogner un truc dans le sol. Il s'y remet et bientôt apparaît le bord d'une boîte enterrée là. On lui gueule tous de se dépêcher de dégager le reste, et le fauteuil… Bah, l'était tout excité et y sautait dans tous les sens comme si qu'il était devenu fou.

Quand Ike a fini par dégager la boîte, p'pa et les autres gars ont soulevé le couvercle. À l'intérieur nous attendait le cadavre d'un zig tout couvert de sang. Ça se voyait comme le nez au milieu de la figure qu'on l'avait assassiné, et le fauteuil voulait que ça s'apprenne. C'est là qu'on a décidé de fiche le camp. Vu qu'on venait d'arriver, tout le monde penserait que c'était nous qu'on l'avait tué et enterré le corps. On a pas mis de temps à combler le trou et à plier bagage.

Notre départ mettait le fauteuil en rogne. L'a remonté l'escalier de la cave en faisant *tippiti-tap*, *tippiti-tap* plus fort que quand il était descendu. Puis l'a *tippiti-tapé* jusqu'au dernier étage, encore plus fort. Et pour remonter dans le grenier, l'a *TIPPITI-TAPÉ* si violemment qu'on a cru recevoir tout le plâtre de la bicoque sur le râble.

Personne nous a demandé pourquoi qu'on repartait aussi vite, parce que personne l'était jamais resté plus d'une nuit – ou même plus d'une heure – dans cette fichue baraque. Mais ce que je peux vous dire, c'est qu'on était bien contents de retrouver Schoharie, où les fauteuils y restent là où qu'on les pose sans se promener dans la maison, ficher la trouille aux pauvres gens et dénoncer des meurtres ou Dieu sait quoi d'autre !

QUAND VIENT LA MORT

Où la mort constitue moins
la fin de l'histoire
que son début.

Le rendez-vous

Un adolescent de seize ans travaillait dans le haras de son grand-père. Un matin, il roula jusqu'au bourg voisin pour une course à bord du 4x4 familial. Alors qu'il déambulait dans la grand-rue, il aperçut la Mort, et la Mort lui fit signe d'approcher. Le garçon regagna la ferme aussi vite que possible et raconta ce qu'il avait vu à son grand-père.

— Donne-moi le 4x4, supplia l'adolescent. J'irai à la grande ville. Elle n'arrivera pas à me trouver là-bas.

Son grand-père lui offrit donc le 4x4, et le garçon affolé prit la route. Peu après son départ, son grand-père partit chercher la Mort dans le bourg. Quand il la trouva, il lui demanda :

— Pourquoi effrayer ainsi mon petit-fils ? Il n'a que seize ans. Il est bien trop jeune pour mourir.

— Vraiment désolée, répondit la Mort. Je ne voulais pas lui faire peur. Mais j'étais si surprise de le voir ici. C'est que j'ai rendez-vous avec lui cet après-midi… en ville.

L'ARRÊT DE BUS

Ed Cox rentrait chez lui en voiture, sous une pluie torrentielle. Alors qu'il attendait au feu rouge, il distingua une jeune femme campée près de l'arrêt de bus voisin. Elle n'avait pas de parapluie et semblait trempée jusqu'aux os.

— Vous allez du côté de Farmington ? lui lança-t-il.

— Oui, répondit-elle.

— Je vous dépose ?

— Ce serait gentil, dit-elle en montant à bord. Je m'appelle Joanna Finney. Vous êtes mon sauveur.

— Ed Cox. Aucun problème, bien au contraire.

En chemin, la conversation alla bon train. Elle lui parla de sa famille, de son métier et de ses études, et lui fit de même. Quand ils atteignirent enfin la demeure de la jeune femme, l'averse avait cessé.

— Je suis content qu'il ait plu, déclara Ed. Que diriez-vous de sortir demain soir, après le travail ?

— Ça me plairait beaucoup.

Elle lui donna rendez-vous à l'arrêt de bus, car il se trouvait près de son bureau. Ils passèrent un moment délicieux, ce soir-là, et ils recommencèrent à de nombreuses reprises. Chaque fois, ils se retrouvaient à l'arrêt de bus en début de soirée. Ed l'appréciait un peu plus à chaque nouvelle rencontre.

Mais un soir, alors qu'ils avaient rendez-vous, Joanna ne se montra pas. Ed attendit à l'arrêt de bus pendant près d'une heure. *J'espère qu'il ne lui est rien arrivé*, songea-t-il, avant de se rendre chez elle à Farmington.

Ce fut une femme plus âgée qui ouvrit la porte.

— Je me présente : Ed Cox, annonça-t-il. Joanna vous aura peut-être parlé de moi. J'avais rendez-vous avec elle ce soir. Nous devions nous retrouver à l'arrêt de bus, mais je ne l'ai pas vue de la soirée. Est-ce que tout va bien ?

La femme lui jeta un regard étrange, comme s'il avait dit quelque chose de bizarre.

— Je suis la mère de Joanna, articula-t-elle lentement. Joanna n'est pas à la maison. Mais entrez, voyons, entrez.

Ed désigna un portrait posé sur le manteau de la cheminée.

— Jolie photo, fit-il remarquer.

— En effet, répliqua la mère. Elle a été prise quand elle avait votre âge, il y a près de vingt ans de ça. Quelques jours plus tard, elle attendait le bus sous la pluie. Une voiture l'a percutée et elle est morte.

Toujours plus vite

Sam et son cousin Bob se promenaient en forêt. Il y régnait un silence entrecoupé seulement par le bruissement des feuilles et, de loin en loin, le pépiement d'un oiseau.

— C'est si calme, ici, chuchota Bob.

Mais cela ne dura pas. Au bout de quelques minutes, les deux garçons se mirent à brailler, s'égosiller et se poursuivre l'un l'autre. Bientôt, Sam plongea derrière un tronc d'arbre et sauta sur Bob quand celui-ci approcha. Voulant l'imiter, Bob courut se cacher derrière un buisson de broussailles. Là, en baissant les yeux, il découvrit un vieux tambour à ses pieds.

— Sam ! Viens voir ce que j'ai trouvé ! appela-t-il. On dirait un tam-tam. Je parie qu'il a au moins cent ans.

— T'as vu les taches rouges dessus ? fit Sam. On dirait du sang. Tirons-nous d'ici, ça vaut mieux.

Mais Bob ne put s'empêcher d'essayer le tambour. Il s'assit par terre, le plaça entre ses jambes et tapa dessus avec une main, puis deux ; d'abord lentement, puis toujours plus vite comme s'il ne pouvait pas s'arrêter.

Des profondeurs de la forêt leur parvinrent des cris et le martèlement d'une lointaine cavalcade. Un nuage de poussière s'éleva bientôt derrière une rangée d'arbres,

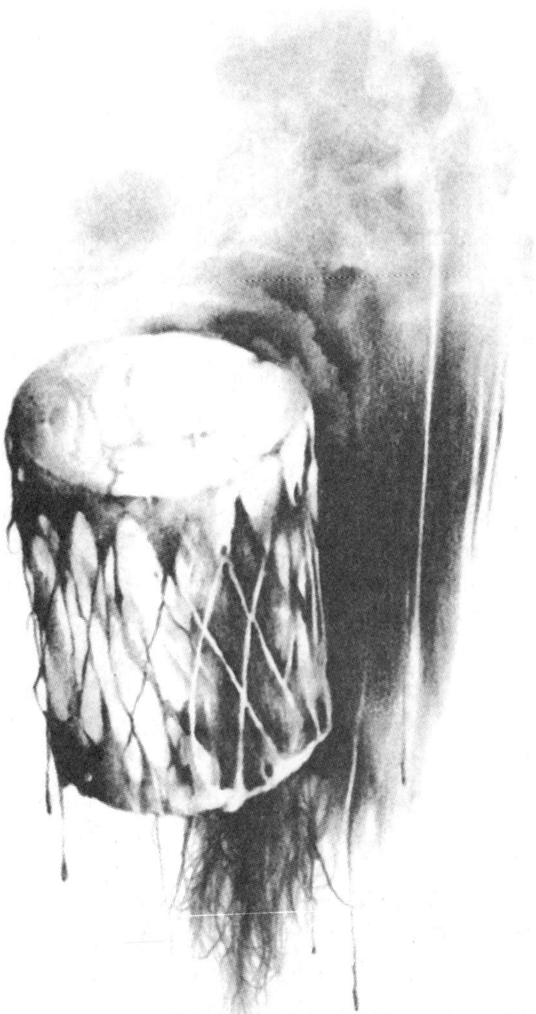

après quoi des cavaliers surgirent au grand galop dans leur direction.

— Bob ! Fichons le camp ! hurla-t-il en se mettant à courir. Dépêche-toi !

Bob lâcha le tambour et se mit à courir.

Sam entendit alors le claquement sec d'une corde d'arc qui se détend, puis un cri de douleur émis par Bob. Quand Sam se retourna, il vit son cousin basculer en avant, tué sur le coup. Pourtant, aucune flèche ne transperçait son corps, qui n'accusait pas la moindre blessure. Quand la police fit ses recherches, elle ne trouva aucun cavalier, aucune empreinte de sabot… et aucun tambour.

Dans la forêt ne régnait plus qu'un silence entrecoupé seulement par le bruissement des feuilles et, de loin en loin, le pépiement d'un oiseau.

Succulent

George Flint adorait manger. Chaque midi, il fermait sa boutique de photographie pendant deux heures et filait chez lui engloutir le gros repas que lui préparait Mina, son épouse. George était un véritable tyran, et Mina une femme craintive qui lui obéissait et satisfaisait tous ses désirs par peur de lui.

Un jour, alors qu'il rentrait déjeuner, George s'arrêta chez le boucher et acheta une livre de foie. Il aimait beaucoup le foie. Mina pourrait le cuisiner pour le dîner. Il avait beau lui faire tous les reproches du monde, elle restait une excellente cuisinière.

Tandis que George dévorait son repas, Mina lui raconta qu'une vieille femme riche était morte la veille. On veillait son corps dans l'église voisine, juste avant la mise en bière. Tous ceux qui souhaitaient aller la voir le pouvaient. Comme d'habitude, George ne fit même pas mine de s'intéresser à ce qu'elle disait.

—Je dois retourner au travail, déclara-t-il enfin.

Après son départ, Mina mit le foie à cuire. Elle y ajouta des légumes, des épices, et le laissa mijoter tout l'après-midi, exactement comme l'aimait George. Quand elle estima que c'était prêt, elle en découpa un petit morceau pour le goûter. C'était succulent. Jamais elle ne l'avait aussi

bien réussi. Elle s'accorda un deuxième morceau, puis un troisième. C'était si bon qu'elle ne pouvait pas s'arrêter.

Ce fut seulement quand le foie eut disparu qu'elle songea à George. Il allait bientôt rentrer. Comment allait-il réagir quand il découvrirait qu'elle avait mangé tout le foie ? Certains hommes se contenteraient d'en rire… mais pas George. Il se mettrait en colère et deviendrait méchant, et elle tremblait à l'idée de devoir endurer son courroux une fois de plus. Mais où allait-elle bien pouvoir trouver une tranche de foie à cette heure ?

Elle se souvint alors de la vieille femme qui gisait dans l'église voisine, en attente de son enterrement…

George déclara qu'il n'avait jamais rien mangé d'aussi bon.

— Prends un peu de foie, Mina, dit-il. Il est succulent.

— Je n'ai pas faim, s'excusa-t-elle. Vas-y, finis-le.

Cette nuit-là, alors que George dormait déjà, Mina s'assit dans son lit et s'efforça de lire, en vain. Elle ne faisait que penser à ce qu'elle avait fait. Puis elle crut entendre une voix de femme.

— Qui a pris mon foie ? demandait-elle. Qui me l'a pris ?

Était-ce son imagination ? Rêvait-elle ? La voix était plus proche, désormais.

— Qui a pris mon foie ? Qui me l'a pris ?

Mina voulait s'enfuir.

— Non, non, murmura-t-elle. Je ne l'ai pas. Ce n'est pas moi qui l'ai pris.

À présent, la voix se trouvait juste à côté d'elle.

— Qui a pris mon foie ? Qui me l'a pris ?

Mina se figea, paralysée par la terreur, puis leva un doigt tremblant vers George.

— C'est lui, souffla-t-elle. C'est *lui* qui l'a pris !

Soudain, la lumière s'éteignit… et George se mit à hurler et à hurler encore.

Salut, Kate !

Tom Connors se rendait à un bal organisé dans le village voisin. Pour y parvenir, il lui fallait marcher longuement à travers bois et champs. Mais c'était un doux soir d'été, et Tom adorait danser, si bien que ça ne le dérangeait aucunement.

Il n'avait parcouru qu'une courte distance quand il remarqua qu'une jeune femme le suivait. *Peut-être va-t-elle au bal, elle aussi*, songea-t-il. Il s'arrêta donc pour l'attendre. À mesure qu'elle s'approchait, il vit qu'il s'agissait de Kate

Faherty. Ils avaient dansé ensemble à de nombreuses reprises, par le passé.

Il s'apprêtait à lancer un vigoureux « Salut, Kate ! » quand il se rappela soudain que Kate était morte. Elle avait rendu l'âme l'année précédente, et pourtant voilà qu'elle se trouvait devant lui, toute pomponnée et apprêtée pour le bal. Tom voulut détaler, mais il ne lui semblait pas correct de fuir à toutes jambes cette pauvre Kate. Il tourna donc les talons et entreprit de s'éloigner aussi vite que possible, sans courir pour autant. Derrière lui, la jeune femme prit son rythme. Il emprunta un raccourci à travers champs, mais elle continuait de gagner du terrain.

Quand il atteignit enfin la salle de bal, elle se trouvait juste derrière lui. Une petite foule patientait à l'extérieur, si bien que Tom tenta de la perdre dans l'attroupement. Il se fraya un chemin jusqu'au flanc de la bâtisse, puis se plaqua contre un mur, à l'abri d'un groupe de fêtards.

Mais Kate l'avait suivi, se coulant entre les gens jusqu'à venir l'effleurer. Puis elle se figea et attendit. Il voulut lui dire « Salut, Kate ! », comme du temps où elle était en vie, mais la peur lui nouait la gorge. Les yeux de la jeune femme cherchèrent les siens… puis elle disparut.

Le chien noir

Il était 23 heures. Alité dans sa chambre, au premier étage de la vieille maison dans laquelle il vivait seul, Peter Rothberg ne parvenait pas à dormir. Il faisait si froid qu'il décida de descendre pour monter le chauffage.

Alors qu'il regagnait sa chambre, un chien noir dévala l'escalier, le dépassa, puis disparut dans les ténèbres du rez-de-chaussée.

— D'où tu sors, toi ? s'exclama Peter, qui n'avait jamais vu ce chien auparavant.

Il alluma toutes les lumières et fouilla chaque pièce, mais il ne le trouva nulle part. Il sortit dans le jardin et fit entrer ses deux chiens de garde. Ceux-ci, toutefois, ne parurent pas relever la présence de leur mystérieux congénère.

Le soir suivant, toujours à 23 heures, Peter se trouvait dans sa chambre. Il entendit ce qui ressemblait aux grattements d'un animal, à l'étage du dessus. Il fila dans l'escalier, ouvrit la porte à la volée… et découvrit une pièce vide. Il regarda sous le lit. Il regarda dans le placard. Rien. Mais lorsqu'il regagna sa chambre, il entendit un chien descendre l'escalier en trombe. C'était le chien noir. Il voulut le suivre, mais une fois encore il perdit sa trace.

Dès lors, chaque soir à 23 heures, Peter entendait le chien gratter le parquet de la chambre au-dessus de la

sienne, immanquablement vide quand il l'inspectait. À peine avait-il fermé la porte que le chien sortait de sa cachette, dévalait l'escalier et s'évanouissait.

Un soir, le voisin de Peter attendit avec lui l'apparition du chien. Quand sonnèrent onze coups, ils l'entendirent au-dessus de leurs têtes. Puis ils perçurent ses pas dans l'escalier. Quand ils sortirent dans le couloir, il se tenait au pied des marches, la tête levée dans leur direction.

Le voisin siffla et le chien agita la queue… avant de disparaître.

Il en alla ainsi jusqu'à ce que Peter se décide à faire entrer ses propres chiens dans la maison. Cette fois, peut-être parviendraient-ils à pister le chien noir et à le mettre en fuite. Aussi les fit-il monter dans sa chambre juste avant 23 heures, en prenant soin de laisser la porte ouverte.

Il entendit alors le chien noir se déplacer au-dessus de lui. Ses molosses dressèrent les oreilles et coururent sur le palier. Ils retroussèrent alors leurs babines, montrèrent les crocs et reculèrent. Peter ne pouvait ni voir ni entendre le chien noir, mais il était persuadé qu'il venait d'entrer dans sa chambre. Ses propres bêtes aboyèrent, s'élancèrent nerveusement comme pour attaquer avant de battre piteusement en retraite.

L'un d'eux geignit soudain, se mit à saigner, puis s'effondra sur le parquet, la gorge déchiquetée. Une minute plus tard, il était mort. L'autre molosse de Peter partit se terrer dans un coin de la chambre, tout tremblant et gémissant. Le silence retomba sur la maison.

La nuit suivante, le voisin de Peter repassa, armé cette fois d'un pistolet. Une fois encore, ils patientèrent dans sa chambre. À 23 heures pile, le chien noir dévala l'escalier.

Comme auparavant, il leva la tête vers eux et agita la queue. Quand ils s'avancèrent vers lui en brandissant l'arme à feu, il gronda et disparut.

Ce fut la dernière fois que Peter vit le chien noir. Cela ne signifiait pas pour autant qu'il était parti. De temps à autre, toujours à 23 heures, il l'entendait gratter au dernier étage. Une fois, il l'entendit même descendre l'escalier. Et s'il ne parvint jamais plus à l'apercevoir, il sentait sa présence dans la maison.

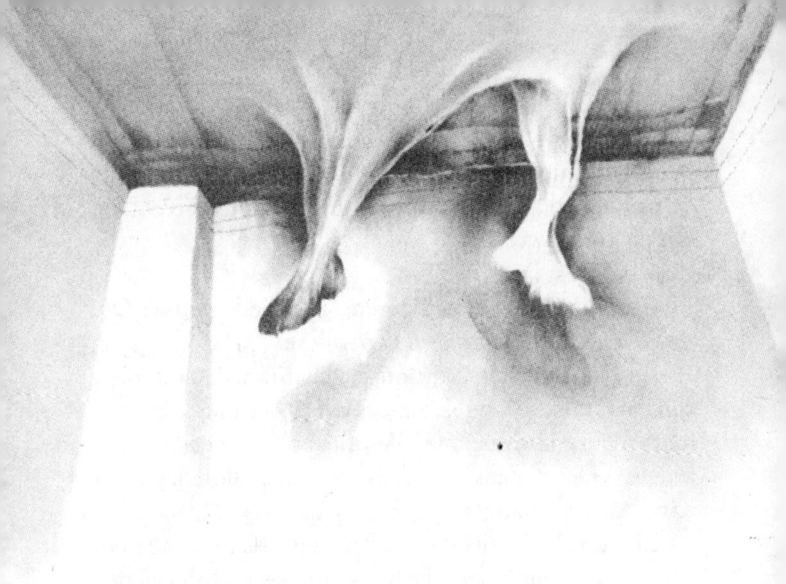

Bruits de pas

Liz faisait ses devoirs sur la table de la salle à manger. Sarah, sa petite sœur, dormait à l'étage. Leur mère était sortie, mais devait rentrer d'un moment à l'autre.

Quand la porte d'entrée s'ouvrit et se referma, Liz s'écria :

— Coucou, maman !

Mais sa mère ne répondit pas, et les bruits de pas qui parvenaient à Liz lui paraissaient plus lourds, comme ceux d'un homme.

— Qui est là ? appela-t-elle.

Aucune réponse. Elle entendit l'inconnu arpenter le salon, puis monter l'escalier jusqu'au premier. Les bruits de pas se déplacèrent d'une chambre à une autre. Une fois encore, Liz cria :

— Qui est là ?

Cette fois, les pas se figèrent. Alors elle pensa : *Oh, mon Dieu ! Sarah dort dans sa chambre !*

Elle courut à l'étage jusqu'à la chambre de sa sœur et constata, rassurée, que celle-ci s'y trouvait toujours, profondément endormie. Liz en profita pour inspecter toutes les autres pièces, mais il n'y avait personne. Elle redescendit dans la salle à manger, morte de peur.

Bientôt, les bruits de pas reprirent. Ils descendaient l'escalier et pénétraient dans le salon. Ils se dirigeaient à présent vers la cuisine, puis la porte qui séparait la cuisine de la salle à manger s'entrouvrit légèrement…

— Allez-vous-en ! hurla Liz.

La porte se referma lentement. Les bruits de pas quittèrent la cuisine et traversèrent le salon en direction de la porte d'entrée, qui s'ouvrit puis se referma.

Liz courut à la fenêtre pour voir de qui il s'agissait, mais il n'y avait personne dehors. Pas plus qu'il n'y avait d'empreintes de pas dans la neige épaisse qui tapissait le jardin.

Des yeux de chat

Tandis que Jim Brand agonisait dans son lit, son épouse le confia à son infirmière le temps d'aller se reposer dans la pièce voisine. Assise dans le noir, elle observait par la fenêtre les ténèbres nocturnes. Soudain,

Mme Brand aperçut les phares d'une voiture qui remontait rapidement leur allée.

Oh non, songea-t-elle. *Je ne veux pas de visite, surtout pas ce soir.*

Il ne s'agissait toutefois pas d'une voiture, mais d'un vieux corbillard sur les flancs duquel étaient perchés six ou sept hommes de petite taille. Du moins, c'est à ça qu'ils ressemblaient depuis la fenêtre.

Quand le corbillard eut freiné dans un crissement de pneus strident, les hommes bondirent au sol et levèrent la tête vers elle. Leurs yeux brillaient d'une douce lumière jaune, comme des yeux de chat. Elle les regarda avec horreur s'engouffrer dans sa maison.

L'instant d'après, ils étaient ressortis et hissaient quelque chose à bord du corbillard qui repartit en trombe, projetant des gerbes de gravier dans toutes les directions.

Au même moment, l'infirmière entra pour lui annoncer que Jim Brand venait de mourir.

SUR LA FRONTIÈRE

Où certaines histoires,
en apparence invraisemblables,
seraient selon certains parfaitement véridiques.

Bess

John Nicholas élevait des chevaux. Il en possédait de toutes sortes, mais sa préférée était Bess, une vieille et douce jument au côté de laquelle il avait grandi. Il avait cessé de la monter, car elle n'allait plus qu'au pas, désormais. Bess passait ses vieux jours à paître tranquillement dans une prairie.

Cet été-là, John Nicholas entra pour s'amuser dans la caravane d'une diseuse de bonne aventure. Celle-ci lui tira les cartes, les examina brièvement, puis déclara :

— Je vois un terrible danger qui vous attend. Votre cheval préféré provoquera votre mort. Je ne saurais dire quand, mais cela vous arrivera. Ainsi parlent les cartes.

John Nicholas éclata de rire. Comment imaginer que cette bonne vieille Bess pourrait lui causer le moindre mal ? Elle était aussi dangereuse qu'un bol de soupe. À partir de cet instant, cependant, chaque fois qu'il la vit, il ne put s'empêcher de penser à l'avertissement de la diseuse de bonne aventure.

Quand vint l'automne, un fermier installé à l'autre bout du comté proposa de lui emprunter Bess. Cette vieille jument, estimait-il, ferait une parfaite monture pour ses enfants.

— Bonne idée, lui répondit John. Ça les amuserait, et ça permettrait à Bess de faire un peu d'exercice.

Plus tard, John s'en ouvrit à son épouse.

— De cette manière, Bess ne pourra pas me tuer ! lui dit-il, et tous deux s'esclaffèrent.

Quelques mois plus tard, il croisa le fermier qui l'avait récupérée.

— Comment se porte ma Bess ? l'interrogea-t-il.

— Oh, elle allait très bien au début. Les enfants l'adoraient. Mais elle est tombée malade et j'ai dû l'abattre pour abréger ses souffrances. C'était un véritable crève-cœur...

Bien malgré lui, John laissa échapper un soupir de soulagement. Il s'était souvent demandé par quel étrange tour du destin ou quel impossible accident Bess aurait pu le tuer. À présent, bien sûr, tout danger était écarté.

— J'aimerais la voir, dit John. Juste pour lui dire au revoir. C'était ma préférée.

La dépouille de la jument gisait dans un coin reculé de la ferme. John s'agenouilla pour flatter une dernière fois le crâne de Bess blanchi par le soleil. Au même instant, un serpent à sonnette installé à l'intérieur du crâne plongea ses crocs dans le bras de Nicholas et le tua sur place.

Harold

Quand il se mit à faire chaud dans la vallée, Thomas et Alfred guidèrent leur troupeau de vaches dans la montagne, jusqu'à un pâturage frais et verdoyant. D'ordinaire, ils y restaient avec leurs bêtes deux mois durant, avant de redescendre dans la vallée.

Le travail n'était pas bien compliqué, mais, Seigneur, ce qu'il pouvait être barbant. Chaque jour, les deux hommes s'occupaient de leurs vaches. Et chaque nuit, ils regagnaient le petit chalet qui les abritait. Ils dînaient, jardinaient un peu, puis allaient au lit. Le même rituel, tous les jours.

Un matin, Thomas eut une idée qui changea tout.

— Et si on fabriquait un épouvantail ? proposa-t-il. Le construire nous fera passer le temps et on pourra le mettre dans le jardin pour effrayer les oiseaux.

— D'accord, mais à condition qu'il ressemble à Harold, suggéra Alfred.

Harold était un fermier qu'ils détestaient tous deux. Ils façonnèrent donc l'épouvantail à l'aide de vieux sacs de jute bourrés de paille. Ils le gratifièrent d'un nez pointu et de petits yeux chafouins, exactement comme Harold. Ils y ajoutèrent des cheveux noirs et des sourcils froncés. Comme de juste, ils baptisèrent le mannequin Harold.

Chaque matin, en chemin vers la pâture, ils attachaient Harold à un poteau du jardin pour effrayer les oiseaux. Et chaque nuit, ils le ramenaient à l'intérieur afin qu'il ne soit pas abîmé par la pluie.

Quand ils se sentaient d'humeur joueuse, ils lui parlaient. L'un d'eux s'amusait à lancer : « Alors, Harold, comment poussent les légumes aujourd'hui ? » Puis l'autre prenait une voix bizarre et répondait à la place de l'épouvantail : « *Très* lentement. » Ça les faisait beaucoup rire, contrairement à Harold.

Chaque fois que quelque chose n'allait pas, ils s'en prenaient au mannequin. Ils l'insultaient et parfois même le tapaient, à coups de pied ou de poing. Parfois, l'un d'eux prélevait dans son bol un peu du gruau qui leur servait de repas quotidien (et qui avait fini par les écœurer) et l'étalait sur la face du mannequin.

— Elle te plaît, la bouillie, Harold ? questionnait-il. Eh bien, t'as intérêt à tout manger, sinon…

Puis les deux hommes se tordaient de rire.

Un soir, après que Thomas eut une fois encore maculé de nourriture le visage du mannequin, Harold grogna.

— T'as entendu ça ? demanda Alfred.

— C'était Harold, répondit Thomas. Je le regardais quand il a fait ce bruit. J'arrive pas à y croire.

— Comment pourrait-il grogner ? C'est rien qu'un sac plein de paille. C'est pas possible.

— Jetons-le au feu, déclara Thomas. Comme ça, ce sera réglé.

— Pas de précipitation, tempéra Alfred. On ne sait pas ce qui se passe. Quand on redescendra dans la vallée, on l'abandonnera ici. D'ici là, gardons-le à l'œil.

Aussi posèrent-ils Harold dans un coin du chalet et menèrent-ils leur vie, sans lui adresser la parole ni le sortir au jardin. De temps à autre, le mannequin grognait, mais rien de plus. Au bout de quelques jours, les deux bergers estimèrent qu'il n'y avait rien à craindre. Peut-être qu'une souris ou des insectes s'étaient faufilés à l'intérieur de l'épouvantail et produisaient ces bruits ?

Thomas et Alfred reprirent donc leurs habitudes. Chaque matin ils installaient Harold dans le jardin, et chaque nuit ils le rentraient dans le chalet. Quand ils se sentaient d'humeur taquine, ils jouaient avec lui. Et quand ils étaient de mauvais poil, ils le traitaient comme un chien.

Puis, un soir, Alfred remarqua quelque chose qui l'effraya.

— Harold grandit, dit-il.

— Je me disais la même chose, fit Thomas.

— C'est peut-être juste notre imagination. On a passé trop de temps dans cette montagne.

Le lendemain matin, alors qu'ils prenaient le petit déjeuner, Harold se leva, sortit du chalet et monta sur le toit, où il se mit tourner sur lui-même en tapant des pieds, comme un cheval qui marcherait sur ses membres postérieurs. Il trotta ainsi tout le jour et toute la nuit durant.

Au petit matin, Harold descendit de son perchoir et partit se poster à l'autre bout du pâturage. Les hommes ne savaient pas ce qu'il comptait faire ensuite. Ils étaient terrifiés.

Ils décidèrent de redescendre leurs bêtes dans la vallée le jour même. Au moment du départ, Harold était absent. Ayant l'intuition d'avoir échappé à quelque terrible danger, ils se mirent à blaguer et à chanter en chemin. Mais, trois kilomètres plus loin, ils se rendirent compte qu'ils avaient oublié d'emporter les tabourets de traite.

Ni l'un ni l'autre ne souhaitait aller les récupérer. Malheureusement, ces tabourets coûtaient cher.

— Pourquoi se faire tant de bile ? se rassurèrent-ils mutuellement. Après tout, qu'est-ce qu'un mannequin pourrait bien nous faire ?

Ils tirèrent à la courte paille celui qui remonterait au chalet. Ce fut Thomas.

— Je te rattraperai, annonça le perdant en rebroussant chemin.

Alfred, pour sa part, poursuivit sa descente en direction de la vallée. À mi-versant, il gravit une saillie rocheuse pour voir si Thomas le suivait. De son ami, pas la moindre trace. Mais il aperçut Harold. L'épouvantail était de nouveau sur le toit du chalet. Sous les yeux horrifiés d'Alfred, le mannequin s'agenouilla et étendit une peau ensanglantée pour la faire sécher au soleil.

La main morte

Le village se dressait à l'orée d'un vaste marécage. Aussi loin que portait le regard, on n'y trouvait que des champs détrempés, des fondrières gorgées d'eau et de scintillantes étendues de tourbe humide et spongieuse. Des squelettes d'arbres géants – des « carcasses », comme on les appelait dans le coin – surgissaient çà et là de la fange, leurs branches mortes tendues tels de longs bras noueux.

Pendant la journée, les hommes du village extrayaient la tourbe et la rapportaient chez eux, où ils la séchaient pour la vendre comme combustible. Mais quand venait le crépuscule et quand le vent, triste et plaintif, soufflait depuis le large, tous s'empressaient de rentrer. D'étranges créatures régnaient sur le marécage à la nuit tombée, et certaines s'aventuraient même dans le village – du moins, c'est ce que tout le monde racontait. Les gens avaient si peur qu'ils refusaient de sortir la nuit.

De tous les villageois, seul le jeune Tom Pattison refusait de croire à l'existence de ces créatures. De retour du travail, il murmurait à ses amis : « En voilà une ! », et s'esclaffait de les voir sursauter et prendre leurs jambes à leur cou.

Pour finir, certains de ses amis le prirent à partie.

— Si tu es si malin, lui dirent-ils, tu n'as qu'à retourner dans le marais une nuit pour voir ce qui s'y passe.

— Très bien, je le ferai, leur assura Tom. J'y travaille tous les jours. Pas une seule fois n'y ai-je vu le moindre monstre. Pourquoi en irait-il autrement la nuit ? Demain soir, je prendrai ma lanterne et me rendrai au pied de la carcasse du saule. Si jamais je m'enfuis en courant, je ne me moquerai plus jamais de vous.

Le lendemain, les hommes allèrent assister au départ de Tom Pattison. De lourds nuages étranglaient la lune, accentuant les ténèbres déjà impénétrables. Quand ils arrivèrent devant la maison du jeune homme, sa mère le suppliait de rester.

— Tout ira bien, la rassurait-il. Il n'y a rien à craindre. Ne sois pas aussi bête qu'eux.

Il saisit sa lanterne et, tout en fredonnant une petite chanson, se dirigea vers le sentier spongieux qui menait à la carcasse du saule.

Parmi les plus jeunes membres de la petite troupe de badauds, certains se demandèrent si Tom n'avait pas raison. Peut-être leurs peurs étaient-elles infondées, après tout. Quelques-uns d'entre eux décidèrent ainsi de le suivre pour en avoir le cœur net, en prenant toutefois soin de rester à bonne distance au cas où il lui arriverait des bricoles. Ils étaient persuadés de voir de sombres silhouettes glisser tout autour d'eux. La lanterne de Tom, cependant, continuait de sautiller devant eux, et ses chansons de leur parvenir.

Ils finirent par apercevoir au loin la carcasse du saule. Tom se trouvait au pied du grand arbre, au centre d'un cercle de lumière, à regarder autour de lui. Soudain, une brusque rafale de vent souffla sa lanterne et il cessa de chanter. Les hommes se figèrent dans les ténèbres, comme paralysés, craignant ce qui allait se passer.

Quand la lune ressurgit, libérée de sa gangue de nuages, Tom leur réapparut. Sauf que, cette fois, il était dos au tronc du saule noirci et levait les bras devant lui, comme s'il tentait de repousser quelque chose. Depuis leur position, les hommes avaient l'impression de voir des formes sombres virevolter tout autour de lui. Puis les nuages couvrirent de nouveau la lune, et une chape d'obscurité retomba aussitôt sur la scène.

Quand la lune reparut enfin, Tom s'agrippait d'un bras à la carcasse du saule. Son autre bras s'étirait douloureusement devant lui, comme si quelque chose le tirait avec force. Les hommes crurent voir qu'une main putréfiée et décomposée dépourvue de bras – une main morte – s'était refermée sur le poignet de Tom. D'une violente torsion, la créature qui maintenait Tom le projeta dans la fange. C'est ce que racontèrent les hommes.

Quand les nuages engloutirent de nouveau la lune, les témoins de la scène firent volte-face et s'élancèrent dans les ténèbres en direction du village. Aveuglés par la panique, la pénombre et l'effroi, ils se perdirent, trébuchèrent et tombèrent dans des fondrières à plusieurs reprises. Pour finir, ils regagnèrent tous le village en rampant, épuisés et hagards. Mais Tom Pattison ne se trouvait pas avec eux.

Au petit matin, tous les habitants partirent à sa recherche, sans succès. Au bout de quelques jours, ils abandonnèrent et le considérèrent perdu.

Plusieurs semaines plus tard, un soir, les villageois entendirent des cris. C'était la mère de Tom. Elle remontait en courant le sentier du marécage, hurlant à tue-tête et agitant les bras. Quand elle fut persuadée que les villageois l'avaient remarquée, elle tourna les talons et rebroussa chemin à toutes jambes. Tous s'élancèrent à sa suite.

On retrouva le jeune Tom Pattison près de la carcasse du saule. Il grognait et bredouillait comme s'il avait perdu l'esprit. Il ne cessait de tendre une main dans le vide, comme pour désigner quelque chose que lui seul pouvait voir. À la place de son autre main ne restait plus qu'un moignon déchiqueté, d'où sourdait un sang épais. Son membre avait été coupé net.

Tout le monde dit que c'est la main morte qui lui avait fait ça, mais personne ne sait vraiment, Personne ne saura jamais… à part Tom Pattison, qui n'a plus jamais décroché un mot de toute sa vie.

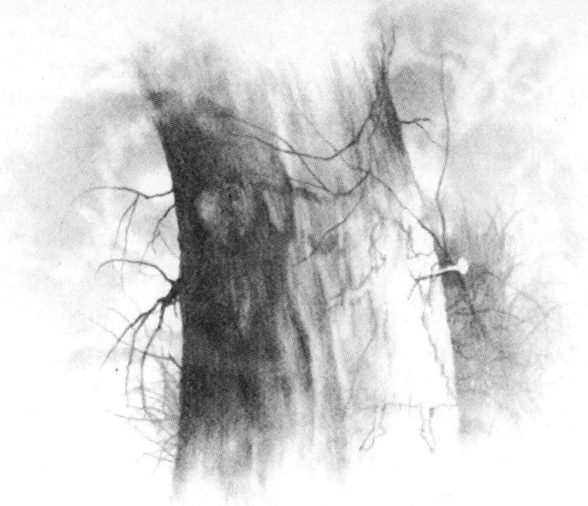

Ces choses-là arrivent

Quand la vache de Bill Nelson cessa de donner du lait, il appela le vétérinaire.

—Votre vache n'a rien, lui dit le professionnel. Elle est juste têtue. À moins qu'une sorcière ne lui ait jeté un sort.

À ces mots, Bill et le vétérinaire rirent de bon cœur.

—Ce qui se rapproche le plus d'une sorcière dans le coin, ce serait cette vieille chouette d'Addie Fitch, reprit le vétérinaire. Mais les sorcières sont passées de mode, hein ?

Le mois précédent, Bill avait pourtant eu maille à partir avec Addie Fitch, dont il avait écrasé le chat en conduisant.

— Vraiment désolé, Addie Fitch lui, avait-il dit. Je vous trouverai un nouveau chat, tout aussi beau et gentil.

Les yeux de la vieille femme brillaient de haine.

— J'ai élevé cette chatte depuis sa plus tendre enfance, siffla-t-elle. Je l'adorais. Tu vas regretter ce que tu as fait, Bill Nelson.

Pour se faire pardonner, Bill lui fit parvenir un nouveau chat et oublia toute l'affaire.

C'est alors que sa vache cessa de donner du lait. Puis son vieux tracteur tomba en panne. Puis son épouse tomba et se cassa le bras. *Le sort s'acharne sur nous, en ce moment*, songea-t-il, avant qu'un doute s'insinue dans son esprit : *Et si c'était Addie Fitch qui cherchait à se venger ?* Mais il se reprit aussitôt : *Arrête un peu, tu ne crois pas aux sorcières. Tu es juste contrarié.*

Le grand-père de Bill, en revanche, croyait fermement aux sorcières. Jadis, il avait expliqué à son petit-fils qu'il n'y avait qu'un seul moyen de s'assurer qu'on était victime d'un mauvais sort. « Trouve un noyer, avait-il dit, et dessine-la sur son tronc. Puis trace un X au niveau de son cœur et plante un clou dans le X. Chaque jour, enfonce-le un peu plus profondément. Si elle t'a jeté un sort, elle éprouvera une vive douleur. Quand elle n'y tiendra plus, elle viendra te voir ou elle enverra quelqu'un pour tenter de t'emprunter quelque chose. Si tu lui donnes ce qu'elle veut, le pouvoir du clou sera levé, et elle pourra continuer de te tourmenter. Mais, si tu refuses, elle devra arrêter… sans quoi la douleur finira par la tuer. »

Voilà ce à quoi croyait son aimable et gentil grand-père. *C'est de la folie douce*, estimait Bill. Son grand-père n'avait jamais fait d'études, après tout. Bill, pour sa part, était allé à l'université. La superstition, très peu pour lui.

Puis Joe, le chien de Bill – un animal en parfaite santé –, tomba raide mort, d'un coup, comme foudroyé. Cela mit Bill hors de lui. Malgré toute sa belle éducation, il pensa : *Si ça se trouve, c'est vraiment Addie Fitch qui fait tout ça.*

Il récupéra un crayon gras de couleur rouge dans la chambre de son fils, s'empara d'un marteau et d'un clou, et s'enfonça dans la forêt. Il y trouva un noyer noir et dessina sur son tronc un portrait d'Addie Fitch. Il traça ensuite un X à l'endroit de son cœur, comme son grand-père le lui avait appris. À l'aide du marteau, il enfonça légèrement le clou au milieu du X. Alors seulement il rentra chez lui.

— Je me sens bête, avoua-t-il à son épouse.

— Je veux bien te croire, répondit-elle.

Le lendemain, un garçon répondant au nom de Timmy Logan se présenta chez eux.

— Addie Fitch ne se sent pas très bien, dit-il. Elle se demande si elle pourrait vous emprunter un peu de sucre.

Bill Nelson considéra son visiteur d'un air ébahi, puis prit une profonde inspiration.

— Dis-lui que je suis désolé, mais que je n'ai plus de sucre à la maison.

Quand Timmy Logan fut parti, Bill retourna au pied du noyer et enfonça le clou d'un centimètre. Le lendemain, le garçon revint sonner à sa porte.

— Addie Fitch est vraiment mal en point, annonça-t-il. Elle se demande si vous n'avez pas un peu de sucre à lui prêter.

— Vraiment désolé, répondit Bill Nelson. Mais je n'en ai pas racheté.

Là-dessus, il repartit dans la forêt et enfonça le clou d'encore un centimètre. Le lendemain, le garçon était de retour.

— Addie Fitch est de plus en plus malade, dit-il. Il lui faut vraiment du sucre.

— Eh bien, je n'en ai pas, désolé.

La femme de Bill se mit en colère.

— Il faut que tu arrêtes, s'emporta-t-elle. Si cette sorcellerie fonctionne vraiment, c'est un meurtre que tu es en train de commettre.

— J'arrêterai quand elle décidera d'arrêter.

Au crépuscule, il se tenait dans son jardin et regardait la butte au sommet de laquelle vivait la vieille femme, se demandant ce qui se passait dans cette maison. Dans les ténèbres croissantes, il vit alors Addie Fitch descendre à pas lents la colline et se diriger vers lui. Ses traits blêmes, émaciés, et sa vieille chasuble noire lui donnaient vraiment l'air d'une sorcière. À mesure qu'elle approchait, Bill constata qu'elle tenait à peine sur ses jambes.

Je lui fais peut-être vraiment du mal, songea-t-il. Il courut récupérer son marteau pour sortir le clou. Mais avant qu'il n'ait pu filer jusqu'au noyer, Addie Fitch avait gagné son jardin, le visage tordu par la rage.

— D'abord, tu tues mon chat, gronda-t-elle. Et maintenant tu refuses de me donner un peu de sucre quand j'en ai besoin ?

Elle l'insulta, puis tomba raide morte à ses pieds.

— Il n'y a rien d'étonnant à ce qu'elle s'écroule ainsi, déclara plus tard le docteur. Elle était très vieille, dans les quatre-vingt-dix ans au moins. Son cœur a fini par lâcher.

— Certains pensaient qu'il s'agissait d'une sorcière, dit Bill.

— J'ai entendu cette rumeur, oui.

— Je connais quelqu'un qui pensait qu'Addie Fitch l'avait ensorcelé, poursuivit Bill. Il a dessiné son portrait sur un tronc d'arbre, puis planté un clou dedans pour qu'elle arrête.

— Une ancienne superstition, dit le docteur. Mais les gens comme nous ne croient pas à ces bêtises, si ?

SAUVAGE LIBERTÉ

Où une fillette est enlevée
par des animaux sauvages qui,
au lieu de la dévorer, décident de l'élever
comme une des leurs,
lui apprennent à manger, courir et tuer
comme eux,
jusqu'à ce qu'elle ne soit
plus humaine que d'apparence.

L'enfant loup

Si vous partez de Del Rio, dans le Texas, et que vous vous enfoncez dans le désert en direction du nord-ouest, vous finirez par atteindre la rivière Devils. Dans les années 1830, un trappeur dénommé John Dent et son épouse Mollie s'installèrent à l'endroit où le ruisseau appelé Dry Creek se jette dans la Devils. Dent chassait le castor, qui pullulait dans la région. Avec Mollie, il bâtit une cabane en bois et installa non loin une tonnelle pour s'abriter du soleil.

Mollie Dent tomba enceinte. Quand elle perdit les eaux, John Dent enfourcha sa monture et cavala jusqu'à la maison la plus proche, située à quelques kilomètres de là.

— Ma femme va accoucher, dit-il à ses voisins. Pouvez-vous nous aider ?

Ils acceptèrent et promirent de l'accompagner. Alors qu'ils s'apprêtaient à partir, un violent orage éclata et un éclair foudroya John Dent, le tuant sur le coup. L'homme et son épouse parvinrent à repérer sa cabane, mais pas avant le lendemain. Une fois sur place, ils découvrirent que Mollie Dent était morte, elle aussi.

Elle semblait toutefois avoir accouché avant de rendre l'âme, mais les voisins eurent beau chercher, ils ne trouvèrent pas le bébé. À la vue des empreintes de loup qui marquaient la terre, ils conclurent que les bêtes l'avaient dévoré. Ils enterrèrent donc Mollie Dent et repartirent.

Plusieurs années après sa mort tragique, une étrange rumeur se mit à circuler. Certains assurent qu'il s'agit d'une histoire vraie. D'autres se refusent à y croire.

L'histoire commence dans un petit hameau situé à une vingtaine de kilomètres de la sépulture de Mollie. Un matin, à l'aube, une meute de loups surgit du désert pour tuer quelques chèvres. Pareilles attaques n'avaient rien d'inhabituel, à l'époque. Mais un garçon crut apercevoir une fillette nue aux longs cheveux blonds parmi la meute.

Un ou deux ans plus tard, une femme surprit un groupe de loups en train de dévorer une chèvre qu'ils venaient de massacrer. Au festin se joignait, d'après la femme, une jeune fille nue aux longs cheveux blonds. Quand la meute l'aperçut, tous prirent la fuite. La femme expliqua que la jeune fille avait commencé par courir à quatre pattes, puis qu'elle s'était redressée pour courir sur deux jambes, aussi rapide que les bêtes qui l'accompagnaient.

Les gens se mirent à se demander si cette « enfant loup » pouvait être la fille de Mollie. Une louve l'avait-elle emportée le jour de sa naissance et élevée parmi ses louveteaux ? Dans ce cas, elle devait avoir dans les dix ou onze ans.

L'histoire raconte que des hommes partirent à sa recherche. Ils sillonnèrent les berges de la rivière, puis le désert et les canyons. Et un jour, dit-on, ils l'auraient retrouvée, marchant dans le fond d'un canyon avec un loup à son côté. À leur vue, le loup s'enfuit et sa compagne fila se cacher dans une grotte voisine.

Quand ils voulurent la capturer, elle se débattit sauvagement, mordant et griffant tel un animal enragé. Lorsqu'ils parvinrent enfin à la soumettre, elle se mit à crier comme une jeune fille apeurée et à hurler comme un louveteau.

Après l'avoir ligotée et jetée à dos de cheval, ses ravisseurs la menèrent dans un petit ranch en plein désert. Bien décidés à la remettre au shérif le lendemain, ils l'installèrent dans une pièce vide où, terrifiée, elle se tapit immédiatement dans les ombres. Puis ils la détachèrent et fermèrent la porte à clé.

Elle ne tarda pas à hurler et crier de nouveau. Les hommes n'en pouvaient plus de l'entendre, mais elle finit par se taire. Quand la nuit tomba, des loups se mirent à hurler dans le lointain. On raconte que chaque fois qu'ils s'arrêtaient, la jeune fille leur répondait.

Apparemment, les cris des bêtes enflaient de toutes les directions à la fois et ne cessaient de se rapprocher, se rapprocher... Soudain, comme en réponse à quelque signal secret, les loups attaquèrent les chevaux et le bétail. Les hommes se ruèrent dans les ténèbres pour faire tonner leurs fusils.

Sur un mur de la chambre où ils avaient laissé la fille se trouvait, en hauteur, une petite fenêtre qu'ils avaient condamnée à l'aide d'une planche. Profitant de la confusion, la prisonnière réussit à déclouer la planche, à se couler à l'extérieur et à disparaître.

Les années s'écoulèrent sans que l'étrange enfant loup fasse plus parler d'elle. Un jour, toutefois, des cavaliers survinrent d'un méandre du Rio Grande, non loin de la rivière Devils. Ils déclarèrent avoir aperçu une jeune femme aux longs cheveux blonds en train de nourrir deux louveteaux.

À peine eut-elle repéré les hommes qu'elle avait soulevé les petits pour s'enfoncer dans les broussailles. Ils l'avaient poursuivie sur quelques mètres, mais elle n'avait pas tardé à les distancer. Ils la cherchèrent encore et encore, en vain. C'est la dernière fois qu'on entendit parler de l'enfant loup. Et c'est ici, dans le désert, sur la rive du Rio Grande, que cette histoire s'achève.

CINQ CAUCHEMARS

Où des situations on ne peut plus normales
– une artiste qui peint quelques tableaux,
un garçon qui obtient un animal domestique,
une fille qui part en vacances –
finissent par déraper totalement.

Le rêve

Lucy Morgan était une artiste. Elle venait de passer une semaine à peindre dans une petite ville de campagne et s'apprêtait à repartir le len-demain pour un village dénommé Kingston.

Mais, cette nuit-là, Lucy Morgan fit un drôle de rêve. Elle y gravissait un sombre escalier en bois ouvragé, au sommet duquel s'ouvrait une pièce. Il s'agissait d'une chambre à coucher tout ce qu'il y avait de plus ordinaire, à l'exception de deux petits détails : la moquette déployait d'étonnants motifs carrés évoquant des trappes, et chacune des fenêtres était condamnée par des clous si gros qu'ils dépassaient des boiseries.

Dans son rêve, Lucy Morgan s'endormait dans cette chambre. Pendant la nuit, une femme au visage blême, aux yeux noirs et aux longs cheveux bruns se coulait dans la pièce, venait se pencher sur son lit et lui murmurait : « Cet endroit est maléfique. Fuyez tant que vous le pouvez encore. » Quand la femme lui agrippa le bras pour la tirer du lit, Lucy Morgan poussa un cri et s'éveilla en sursaut. Elle passa le restant de la nuit à trembler dans son lit.

Au petit matin, elle confia à sa logeuse qu'elle n'irait pas à Kingston, en fin de compte.

— Je ne peux pas vous dire pourquoi, dit-elle, mais je ne peux me résoudre à y aller.

— Pourquoi ne pas visiter Dorset, en ce cas ? répliqua la logeuse. C'est une ravissante petite ville et ce n'est pas trop loin.

Aussi Lucy Morgan se rendit-elle à Dorset, où on lui apprit qu'elle pourrait trouver une chambre dans la maison située au sommet de la colline. Il s'agissait d'une somptueuse demeure, dont la logeuse – une matrone aussi potelée que maternelle – se révéla en tout point aimable.

— Allons jeter un coup d'œil à la chambre, déclara-t-elle. Je pense qu'elle vous plaira.

Elles gravirent un sombre escalier en bois ouvragé, exactement comme celui du rêve de Lucy. *Dans ces vieilles maisons, les escaliers se ressemblent tous*, songea-t-elle. Mais quand la logeuse ouvrit la porte de la chambre, elle découvrit qu'il s'agissait d'une pièce parfaitement identique à celle de son rêve, avec la même moquette aux motifs de trappes et les mêmes fenêtres condamnées à grand renfort de clous massifs. *Ce n'est qu'une coïncidence*, tenta de se rassurer Lucy.

— Alors, ça vous plaît ? demanda la logeuse.

— Je… j'hésite, bégaya-t-elle.

— Eh bien, prenez le temps de réfléchir, dit l'aimable matrone. En attendant, je vais vous préparer une tasse de thé.

Lucy s'assit sur le lit, examinant les trappes au sol et les gros clous. Bientôt, quelqu'un frappa à la porte. *Sans doute la logeuse avec son thé*, songea-t-elle.

Mais ce n'était pas la logeuse. C'était la femme au visage blême, aux yeux noirs et aux longs cheveux bruns. Lucy Morgan rassembla ses affaires en toute hâte et s'enfuit sans demander son reste.

Le nouveau copain de Sam

Les parents de Sam l'avaient confié à sa grand-mère pendant leurs vacances au Mexique.

— On te rapportera un joli cadeau, lui promit sa mère. Une belle surprise, tu verras.

Avant leur retour, les parents de Sam cherchèrent quelque chose qui ferait plaisir à leur fils, mais ils ne trouvèrent qu'un magnifique sombrero, malheureusement hors de prix. Après avoir pique-niqué dans un parc, ils décidèrent finalement de le lui acheter. Le père de Sam lança ce qui restait de leurs sandwichs à quelques chiens errants, après quoi tous deux regagnèrent la place du marché.

L'un des animaux les suivit, cependant : une petite créature grise au poil ras, courte sur pattes et dotée d'une longue queue. Elle les suivait partout.

— Comme il est mignon ! s'exclama la mère de Sam. Il s'agit sans doute d'un de ces chiens nus mexicains. Sam adorerait en avoir un.

— Il appartient sans doute à quelqu'un, lui objecta son mari.

Ils demandèrent à plusieurs personnes s'ils connaissaient le propriétaire du chien, mais personne ne put leur

répondre. Ils se contentaient de sourire et de hausser les épaules. Pour finir, la mère de Sam dit :

— Si ça se trouve, ce n'est qu'un chien errant. Ramenons-le avec nous à la maison. On fera deux heureux, comme ça : Sam et lui.

Comme la loi interdit de passer la frontière avec un animal, les parents de Sam cachèrent l'animal dans une boîte. Les douaniers n'y virent que du feu. À leur retour, ils s'empressèrent de le montrer à Sam.

— Quel joli petit chien ! s'écria Sam.

— N'est-ce pas ? fit son père. Je ne suis pas sûr de sa race. Je crois qu'on appelle ça un chien nu mexicain. On vérifiera. Mais il est chouette, hein ?

Ils donnèrent à leur nouvel animal de la pâtée pour chien, puis ils le lavèrent, le brossèrent et le peignèrent. Cette nuit-là, il dormit sur le lit de Sam. À son réveil, le lendemain matin, le garçon trouva l'animal à la même place.

— Maman, appela-t-il. Le chien a attrapé froid.

Les yeux de la bestiole suintaient abondamment et une sorte d'écume blanche lui recouvrait les babines. En fin de matinée, la mère de Sam emmena donc l'animal chez le vétérinaire.

— Où l'avez-vous trouvé ? l'interrogea le vétérinaire.

— Au Mexique, répondit-elle. Nous pensons qu'il s'agit d'un chien nu mexicain. J'allais justement vous poser la question.

— Ce n'est pas un chien nu, rétorqua le médecin. Ce n'est d'ailleurs pas un chien du tout, mais un rat d'égout. Et il a la rage.

La mémoire vous reviendra

Mme Gibbs et Rosemary, sa fille de seize ans, rejoignirent Paris un chaud matin de juillet. Après des vacances bien méritées, elles s'apprêtaient à présent à rentrer chez elles. Mme Gibbs, cependant, ne se sentait pas très bien. Elles décidèrent donc de rester quelques jours à Paris avant de prendre l'avion.

Les touristes avaient beau pulluler à cette période de l'année, elles parvinrent à dénicher un bon hôtel. Leur chambre, ravissante, donnait sur un grand parc. Elle avait des murs jaunes, une moquette bleue et des meubles blancs.

À peine avaient-elles défait leurs valises que Mme Gibbs se mit au lit. Elle était si pâle que Rosemary fit venir un médecin. Elle ne parlait pas français, mais par bonheur le docteur parlait anglais. Après un coup d'œil à Mme Gibbs, celui-ci déclara :

— Votre mère est trop mal en point pour voyager. Demain, je la ferai admettre à l'hôpital, mais elle a besoin d'un médicament précis. Pour gagner du temps, allez le chercher chez moi.

Le téléphone du médecin étant en panne, il confia à Rosemary une petite note à remettre à son épouse. Le directeur de l'hôtel commanda un taxi pour Rosemary et donna au chauffeur l'adresse personnelle du docteur.

505

— C'est l'affaire d'une minute, la rassura-t-il. Et le taxi vous ramènera.

Mais le chauffeur conduisait si lentement et empruntait un parcours si compliqué que le trajet parut prendre une éternité. À un moment, Rosemary reconnut même une rue dans laquelle ils étaient déjà passés.

L'épouse du docteur mit presque autant de temps à ouvrir sa porte, puis à retrouver le médicament demandé. Tandis que Rosemary patientait dans la salle d'attente vide, elle se répétait sans cesse : *Pourquoi ne se dépêche-t-elle pas ? Dépêche-toi, bon sang !* Puis elle entendit une sonnerie de téléphone dans la maison. Pourtant, son médecin lui avait dit que sa ligne ne fonctionnait pas en ce moment. Que se passait-il donc ?

Ils regagnèrent l'hôtel aussi lentement qu'à l'aller, au gré d'une interminable enfilade de rues. Sur la banquette arrière, Rosemary vibrait d'effroi, le médicament de sa mère serré dans son poing. Pourquoi tout semblait-il se dérouler au ralenti ?

Persuadée que le chauffeur de taxi se dirigeait dans la mauvaise direction, elle le questionna :

— Vous avez la bonne adresse ?

Pas de réponse. Elle l'interrogea de nouveau, mais l'homme resta muet. Quand il s'arrêta à un feu rouge, elle ouvrit la portière et s'enfuit à toutes jambes.

Elle demanda son chemin à une passante. La femme ne parlait pas anglais, mais connaissait quelqu'un qui pouvait jouer les interprètes. Rosemary avait raison. Le taxi l'emmenait *vraiment* dans la mauvaise direction.

La soirée était déjà bien entamée quand elle retrouva enfin son hôtel et se présenta à l'accueil, où derrière le guichet siégeait l'employé qui les avait accueillies le matin même.

— Je suis Rosemary Gibbs, dit-elle. Ma mère et moi logeons dans la chambre 505. Pouvez-vous me donner la clé ?

L'employé la dévisagea longuement.

— Vous devez vous tromper, lui dit-il. Cette chambre est déjà occupée. Vous êtes sûre que vous ne vous trompez pas d'hôtel ?

Là-dessus, il se détourna pour s'occuper de quelqu'un d'autre. Elle attendit qu'il ait fini pour revenir à la charge :

— Vous nous avez donné la clé vous-même à notre arrivée, ce matin. Comment avez-vous pu oublier ?

Il la considéra comme si elle avait perdu l'esprit.

— Vous faites erreur, répliqua-t-il. C'est la première fois que je vous vois. Vous aurez certai-nement confondu cet hôtel avec un autre.

Elle demanda à voir la fiche de réservation qu'elles avaient remplie en arrivant.

— Au nom de June et Rosemary Gibbs, déclara-t-elle.

L'employé consulta son registre, puis répondit :

— Pas de fiche à votre nom, désolé. Vous avez dû vous tromper d'hôtel.

— Le médecin ! s'exclama Rosemary. Lui, il me reconnaîtra. Il a examiné ma mère peu après notre arrivée. Il m'a envoyée chercher le médicament dont elle a besoin. Je veux le voir tout de suite.

Convoqué par la direction, le docteur ne tarda pas à se présenter dans le vestibule.

— Voici le médicament pour ma mère, annonça Rosemary en lui tendant le flacon. Votre épouse me l'a donné.

— De quoi parlez-vous ? dit-il. Je ne vous connais pas. Vous devez vous tromper d'hôtel.

Elle exigea de parler au directeur qui lui avait commandé un taxi. Lui, au moins, se souviendrait d'elle.

— Vous devez vous tromper d'hôtel, dit-il cependant. Laissez-moi vous offrir une chambre, le temps d'une petite sieste. Une fois reposée, vous vous souviendrez peut-être de l'hôtel où vous êtes descendues, votre mère et vous.

— Je veux voir notre chambre ! s'écria Rosemary. La 505.

Mais elle ne ressemblait en rien à la chambre de ses souvenirs. Il y avait là un lit double, au lieu des deux lits jumeaux. Les meubles étaient noirs, et non blancs.

La moquette verte, et non bleue. La penderie abritait les vêtements de quelqu'un d'autre. La chambre qu'elle connaissait s'était volatilisée. Et sa mère avec elle.

— La chambre ne ressemblait pas à ça, gémit-elle. Où est ma mère ? Qu'est-ce que vous lui avez fait ?

— Vous vous trompez d'hôtel, lui répéta le directeur d'une voix patiente, comme s'il parlait à une enfant.

Rosemary demanda à voir la police.

— Ma mère, nos affaires, la chambre, tout a disparu, leur dit-elle.

— Vous êtes sûre de ne pas vous tromper d'hôtel ?

Rosemary commençait à se demander si elle n'avait pas perdu l'esprit.

— Vous feriez mieux de vous reposer un peu, lui conseillèrent les policiers. Alors peut-être la mémoire vous reviendra...

Mais le problème de Rosemary n'était pas sa mémoire. C'était ce qu'elle ignorait. *Pour le savoir, rendez-vous en page 371.*

Le bouton rouge

Tandis que Ruth dormait, une araignée vint lui marcher sur le visage. Elle s'arrêta quelques minutes sur sa joue gauche, puis poursuivit son chemin.

— C'est quoi, ce bouton sur ma joue ? demanda Ruth à sa mère le lendemain matin.

— On dirait une morsure d'araignée. Ça partira bientôt. Surtout, ne te gratte pas.

Mais, bientôt, le petit bouton rouge se mua en furoncle.

— Tu as vu, maman ? s'inquiéta Ruth. Il a grossi. Et il pique.

— Ça arrive parfois. Ça veut dire qu'il va bientôt éclater.

Quelques jours plus tard, le furoncle avait encore grossi.

— Regarde-le, maintenant, dit Ruth. Il me fait très mal et il est affreux.

— Je vais t'emmener chez le médecin, décida sa mère. Il s'est peut-être infecté.

Mais le docteur ne pouvait pas recevoir Ruth avant le lendemain.

Ce soir-là, Ruth prit un bain bien chaud. Elle se laissait flotter tranquillement quand le furoncle éclata. En sortit une nuée de petites araignées, surgies des œufs que leur mère avait pondus dans la chair de sa joue.

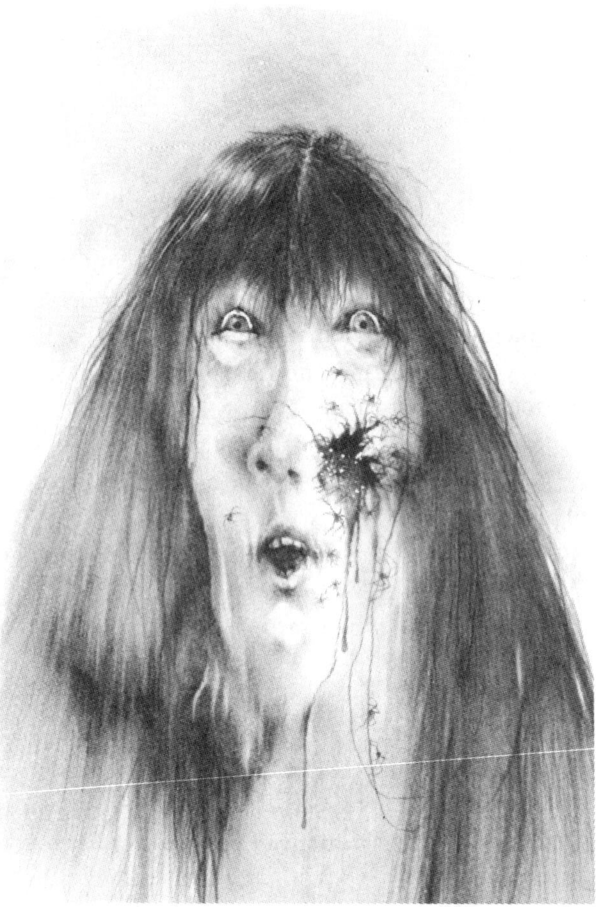

Non merci

Les jeudis soir, Jim travaillait comme magasinier dans un centre commercial, en bordure de nationale. Il finissait en général à 20 h 30, heure à laquelle il prenait sa voiture pour rentrer chez lui.

Mais, ce soir-là, Jim partit le dernier. Le temps qu'il atteigne l'immense parking, celui-ci était presque vide. Les seuls bruits qu'il entendait étaient le vrombissement des voitures au loin et ses propres pas sur la chaussée. Soudain, un homme surgit de l'obscurité.

— Psst, monsieur, le héla-t-il à voix basse.

Il tendit sa main droite. Sur sa paume tenait en équilibre la longue lame en acier d'un couteau. Jim se figea.

— Un beau couteau bien tranchant, susurra l'homme.

Surtout, ne panique pas, songea Jim.

L'homme s'avança d'un pas.

Surtout, ne cours pas, s'imposa Jim.

— Un beau couteau bien tranchant, répéta l'inconnu.

Donne-lui ce qu'il veut, pensa Jim.

L'homme approchait encore, le couteau tendu vers lui.

— Il coupe net, articula-t-il lentement.

Jim attendit, sentant le regard de l'inconnu peser sur lui.

— Et tout ça pour seulement trois dollars. Les deux pour cinq dollars. Un joli cadeau pour votre maman.

— Non merci, répondit Jim. Elle en a déjà un.

Sur ces mots, il courut jusqu'à sa voiture.

QUE SE PASSE-T-IL, ICI ?

*Où l'on convoque de nombreuses explications
quand les bouchons se mettent à péter
et les meubles à voler dans toute la maison,
sans jamais trouver la bonne,
après quoi quelqu'un propose
une réponse effrayante
qui pourrait vous concerner vous,
personnellement.*

Le problème

Les événements décrits dans ce récit se sont déroulés en 1958, dans une petite maison blanche située en banlieue de New York. Les noms de toutes les personnes impliquées ont été modifiés.

Lundi 3 février. Tom Lombardo et Nancy, sa sœur, revenaient tout juste de l'école. Tom allait sur ses treize ans. Nancy avait quatorze ans. Ils discutaient avec leur mère quand un grand « POP ! » retentit dans la cuisine, comme si on venait de déboucher une bouteille de champagne.

Mais ça n'avait rien à voir. La capsule d'une bouteille de sirop de maïs avait curieusement sauté, et la bouteille s'était renversée, déversant son contenu au sol. Puis toutes les bouteilles de la maison se mirent à se déboucher – vernis à ongles, démaquillant, eau de Javel, flacons d'alcool désinfectant et même une bouteille d'eau bénite.

Chacune était fermée par un bouchon à vis qui exigeait deux ou trois tours pour s'ouvrir. Toutes, cependant, s'étaient ouvertes d'elles-mêmes, sans qu'on les touche, avant de se renverser et de se vider.

— Qu'est-ce qu'il se passe ? demanda Mme Lombardo.

Personne ne savait. L'étrange phénomène cessa toutefois bientôt, et tout redevint normal. Tous trois conclurent qu'il s'agissait d'une bizarrerie sans explication et reprirent le cours de leur journée.

Jeudi 6 février. À peine Tom et Nancy étaient-ils rentrés de l'école que six nouvelles capsules sautèrent. Rebelote le lendemain, à peu près à la même heure.

Dimanche 9 février. À 11 heures, ce matin-là, Tom se brossait les dents dans la salle de bains. Son père lui parlait depuis l'encadrement de la porte. Soudain, un flacon de comprimés se déplaça de lui-même le long d'une tablette et bascula dans le lavabo. Au même instant, une bouteille de shampoing glissa jusqu'au bord de la coiffeuse et alla s'écraser au sol, sous les yeux hébétés du père et du fils.

—Je ferais mieux d'appeler la police, dit M. Lombardo.

Dans l'après-midi, alors qu'un agent dépêché sur place s'entretenait avec la famille, de nouvelles bouteilles éclatèrent dans la salle de bains. La police confia l'affaire à l'inspecteur répondant au nom de Joseph Briggs.

L'inspecteur Briggs était un homme pragmatique. Pour qu'un objet se déplace, selon lui, il fallait l'intervention d'un humain ou d'un animal, ou bien la vibration du vent ou toute autre cause naturelle. Il ne croyait certainement pas aux fantômes.

Quand les Lombardo lui garantirent qu'ils n'avaient rien à voir avec ces étranges phénomènes, il se dit qu'un d'entre eux, au moins, mentait. Il voulait inspecter la maison, puis consulter quelques experts pour recueillir leurs avis.

Mardi 11 février. La bouteille d'eau bénite qui s'était ouverte la semaine précédente se déboucha de nouveau et se renversa. De même deux jours plus tard.

Samedi 15 février. Tom, Nancy et un cousin regardaient la télé dans le salon quand une petite statuette en porcelaine posée sur une table s'éleva dans les airs. Elle flotta ainsi à un mètre du sol quelques secondes durant, avant de retomber sur le tapis.

Lundi 17 février. Un prêtre vint bénir la maison des Lombardo pour la protéger de toute influence maligne, d'où qu'elle puisse provenir.

Jeudi 20 février. Tandis que Tom faisait ses devoirs sur la table de la salle à manger, un sucrier posé en face de lui fut projeté dans le couloir, où il se brisa. L'inspecteur Briggs était présent et fut témoin de la scène. Plus tard, un encrier appartenant à l'enfant fusa contre le mur et vola en éclats, projetant de l'encre dans toutes les directions. Vint ensuite le tour d'une autre statuette de porcelaine, qui vola sur trois mètres environ avant de heurter violemment un secrétaire.

Vendredi 21 février. Durement éprouvés, les Lombardo partirent pour le week-end s'abriter chez un parent. En leur absence, rien d'étrange n'arriva.

Dimanche 23 février. Dès le retour des Lombardo, un second sucrier s'éleva dans les airs, percuta un mur et explosa. Plus tard, une lourde commode bascula dans la chambre de Tom. Personne n'était présent dans la pièce quand cela se produisit.

Lundi 24 février. À ce stade, l'inspecteur Briggs avait consulté un ingénieur, un chimiste, un physicien et bien d'autres experts. Certains estimaient que des vibrations traversant la maison étaient responsables de ces phénomènes. Elles pouvaient provenir d'une source souterraine, ou bien d'ondes radio haute fréquence, ou

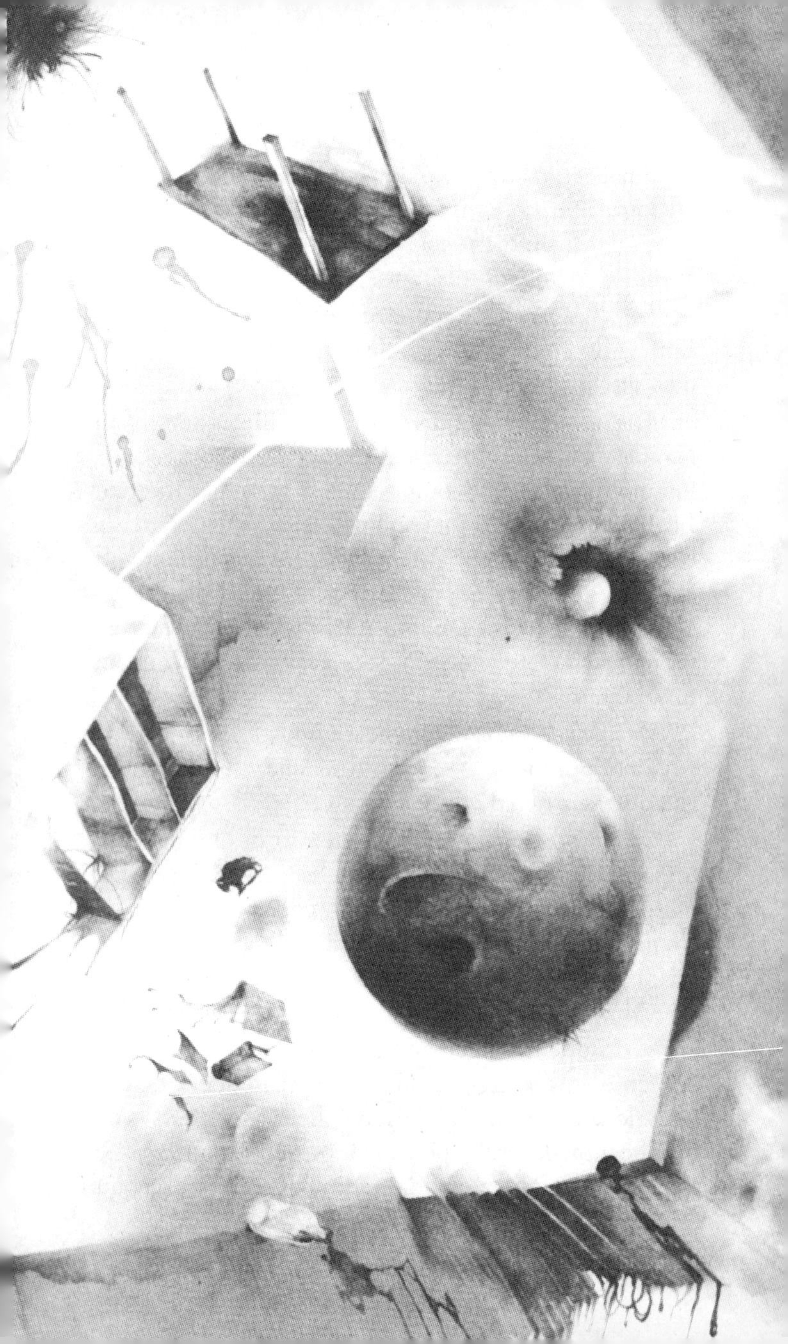

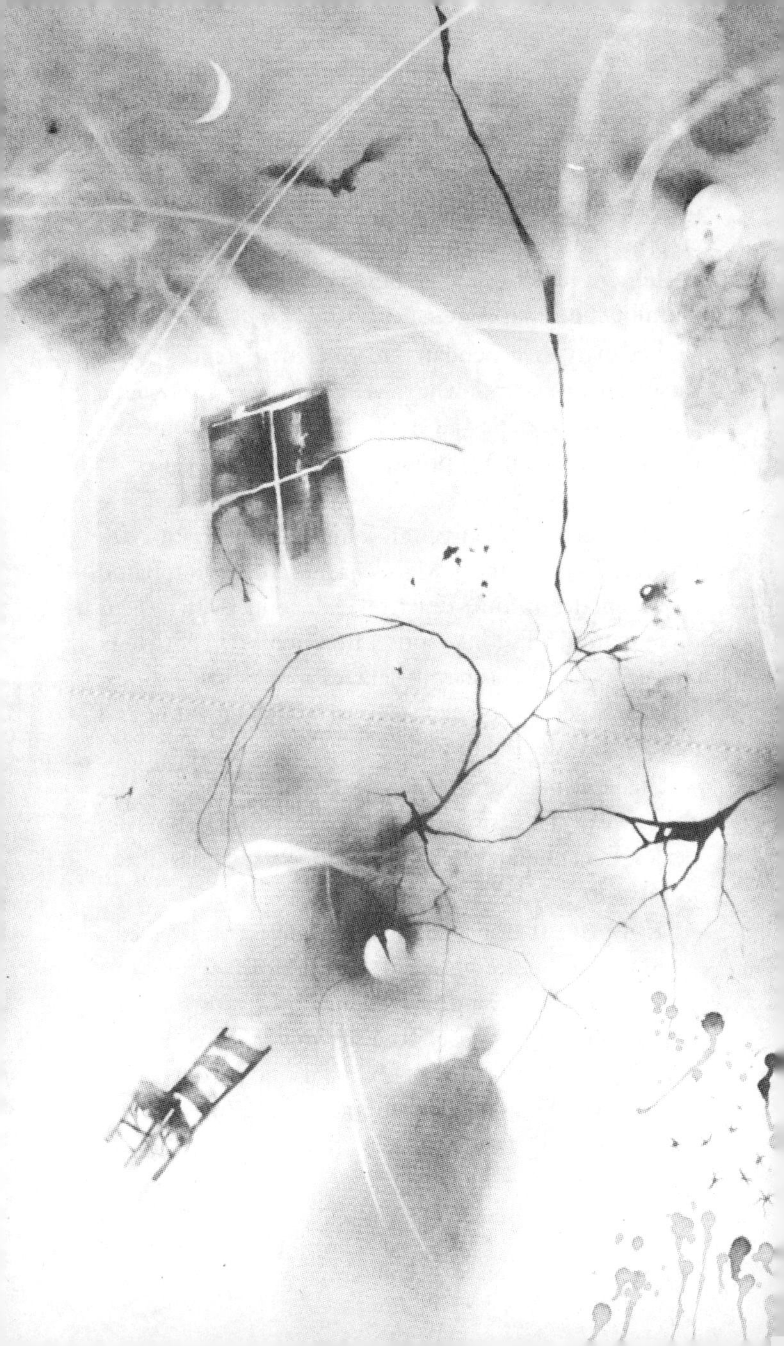

encore de bang super-soniques générés par des avions de chasse. D'autres prétendaient que la cause était à chercher du côté du système électrique, ou bien de courants d'air en provenance du conduit de cheminée. Ils attribuaient également le débouchage des bouteilles aux produits chimiques qu'elles contenaient.

Les analyses, cependant, infirmèrent toutes ces hypothèses : aucune vibration ne traversait la maison ; le système électrique était en parfait état de marche ; et les bouteilles ne contenaient aucun produit chimique susceptible de faire sauter les bouchons.

Dans ce cas, d'où venait le problème ? Aucun des experts n'osait s'avancer. Mais, chaque jour, les Lombardo recevaient des dizaines de lettres et de coups de fil de gens prétendant détenir la réponse. Bon nombre d'entre eux croyaient que la maison était hantée par un poltergeist – cet esprit frappeur qu'on accuse immanquablement quand des objets se déplacent tout seuls.

Bien que personne n'ait jamais prouvé l'existence des poltergeists, des histoires courent à leur sujet depuis des siècles. Et la plupart ressemblent fort à ce qui arrivait aux Lombardo.

L'inspecteur Briggs, pour sa part, ne croyait évidemment pas aux poltergeists. Il commençait à croire que Tom Lombardo était derrière tout ça. Chaque fois qu'il se passait quelque chose, Tom se trouvait généralement dans la pièce ou juste à côté. Quand il accusa Tom d'avoir organisé cette mascarade, l'enfant démentit avec force :

— J'ignore ce qui se passe. Tout ce que je sais, c'est que ça me terrifie.

On raconte que l'inspecteur Briggs était un dur de chez dur, capable d'embarquer sa propre mère si celle-ci avait eu le malheur de commettre la moindre infraction. Mais il crut Tom. Et, surtout, il ne savait plus quoi penser de toute cette histoire.

Mardi 25 février. Un journaliste vint sonner à la porte afin d'interviewer la famille. Peu après, il s'installa dans le salon, seul, espérant qu'il se passe quelque chose dont il pourrait se servir dans son article.

La chambre de Tom se trouvait de l'autre côté du couloir. L'enfant venait tout juste de se coucher, mais il avait laissé sa porte ouverte. Soudain, un globe terrestre surgit en flottant de la pièce obscurcie et vint s'écraser contre un mur. Le journaliste courut dans la chambre et alluma la lumière. Assis sur son lit, Tom clignait des yeux, comme tiré d'un profond sommeil.

— C'était quoi ? demanda-t-il.

Mercredi 26 février. Le matin, une petite statuette en plastique de la Vierge Marie s'envola d'un buffet de la chambre de M. et Mme Lombardo et percuta un miroir. Ce soir-là, tandis que Tom faisait ses devoirs, un tourne-disque de cinq kilos s'éleva dans les airs et vola sur six mètres avant de s'écraser au sol.

Vendredi 28 février. Deux scientifiques de la Duke University arrivèrent de Caroline du Nord. En tant que parapsychologues, ils avaient étudié plusieurs cas similaires à celui des Lombardo. Ils passèrent plusieurs jours à s'entretenir avec la famille et à examiner la maison, afin de comprendre ce qui se passait et ce qui provoquait ces étranges perturbations. Un soir, un bidon d'eau de Javel se déboucha tout seul, mais rien d'autre ne se produisit durant leur séjour.

Ils se gardèrent bien de divulguer aux Lombardo leur théorie, à savoir qu'un poltergeist était probablement à l'œuvre ici. D'après eux, les poltergeists n'étaient pas des fantômes, mais des adolescents parfaitement normaux qui, à la suite de quelque traumatisme, voyaient leurs émotions se muer en une forme de puissante vibration. Ce phénomène se produisant au sein de leur inconscient, les sujets ignoraient qu'ils en étaient responsables. La vibration ainsi produite quittait leur corps et déplaçait ce qu'elle trouvait sur son passage. Cela se reproduisait encore et encore, jusqu'à ce que le problème initial soit résolu.

Les scientifiques avaient baptisé ce curieux pouvoir « télékinésie », soit la capacité de mouvoir des objets par la seule force de la pensée. Personne ne savait si cela existait vraiment, ni comment le prouver. Cependant, la grande majorité des cas de poltergeists impliquait des familles comportant des enfants adolescents ; or la famille Lombardo en comptait deux en son sein.

Lundi 3 mars. Les parapsychologues annoncèrent qu'ils publieraient un compte rendu de ce qu'ils avaient appris. Le lendemain de leur départ, les perturbations reprirent plus violemment que jamais.

Mardi 4 mars. Dans l'après-midi, un vase jaillit de la table de la salle à manger et alla exploser contre un placard. Peu après, un bidon d'eau de Javel jaillit hors d'un carton et se déboucha. Un peu plus tard, une bibliothèque chargée d'encyclopédies bascula et se coinça entre un radiateur et le mur. Puis l'ampoule d'une lampe torche posée sur une table s'envola et frappa un mur situé à quatre mètres de là. Pour finir, on entendit quatre coups résonner dans la cuisine alors que personne ne s'y trouvait.

Mercredi 5 mars. Mme Lombardo préparait le petit déjeuner quand elle entendit un vacarme retentissant en provenance du salon. La table basse s'était retournée toute seule. Cet incident, néanmoins, marqua la fin du phénomène. Après un mois de chaos, tout redevint normal.

En août, les deux parapsychologues publièrent leur compte rendu. Ils décrétèrent que les Lombardo n'avaient ni simulé ni imaginé ces différentes manifestations. Les phénomènes étaient réels. Mais qu'est-ce qui les avait provoqués ?

Ils affirmèrent qu'il n'y avait là aucun tour de passe-passe, ni tromperie ni magie d'aucune sorte. Tout comme la police avant eux, ils avaient exclu l'hypothèse d'une vibration émanant d'une source souterraine ou d'autres causes physiques identifiables.

La seule explication qu'ils ne pouvaient totalement écarter restait celle d'un poltergeist adolescent, déplaçant les objets par le seul pouvoir de sa pensée. S'ils ne disposaient pas de preuves suffisantes pour l'attester, cette théorie leur paraissait la plus probable.

S'il s'agissait bien d'un poltergeist, leurs soupçons se portaient sur Tom. Or, si un enfant parfaitement normal comme Tom pouvait devenir un poltergeist, cela pouvait arriver à n'importe quel adolescent. Peut-être même à… vous !

QUIIIIIIIIIII ?

Où les quatre fantômes,
le monstre spectral et le cadavre
que nous croisons dans ce chapitre
nous font trembler de rire
plutôt que d'effroi.

L'INCONNUE

Un homme et une femme étaient assis l'un à côté de l'autre dans le train. La femme sortit un livre de son sac et se mit à le lire. Le train s'arrêta à six reprises, sans qu'elle lève jamais le nez de son bouquin. Après l'avoir longuement observée, son voisin lui demanda :

— Qu'est-ce que vous lisez ?

— Une histoire de fantôme, répondit-elle. Très bien fichue, *très* effrayante.

— Parce que vous croyez aux fantômes ?

— Oui, bien sûr. Il y a des fantômes partout.

— Moi, je n'y crois pas, déclara-t-il. Tout ça, ce n'est que de la superstition. De toute ma vie, je n'ai jamais croisé un fantôme. Pas un seul.

— Ah oui, vraiment ?

Et sur ces mots, la femme se volatilisa.

Le porc

Arthur et Anne étaient tombés amoureux au lycée. Ils semblaient faits pour être ensemble, mais, comme cela arrive parfois, leur relation tourna court.

Arthur déménagea et épousa quelqu'un d'autre, tandis qu'Anne demeura célibataire. Quelques années plus tard, elle tomba malade et mourut. Certains disent que son cœur brisé avait lâché.

Un jour, Arthur se rendit dans une petite ville voisine de l'endroit où Anne et lui avaient grandi. Il ne tarda pas à se rendre compte qu'un porc suivait sa voiture. Il avait beau accélérer, le porc talonnait le véhicule. Chaque fois qu'il regardait dans le rétroviseur, il distinguait l'animal, et il en conçut une vive irritation.

Pour finir, il n'y tint plus. Il se gara, sortit du véhicule et gifla sans ménagement le porc en plein museau.

— Va-t'en, espèce de sale bête ! rugit-il.

À son grand étonnement, le porc lui répondit, et c'était la voix d'Anne qui sortait de sa gueule. *C'est son fantôme !* songea-t-il. *Elle est revenue sous la forme d'un cochon !*

— Je ne te faisais aucun mal, Arthur, déclara le porc. Je ne faisais que me promener pour prendre l'air. Comment as-tu pu me frapper après tout ce que nous avons vécu ensemble ?

Sur ces mots, elle fit demi-tour et s'éloigna en trottinant.

(En racontant cette histoire, prenez une voix haut perchée quand vous faites parler le porc.)

Quelque chose ne va pas ?

Une voiture tomba en panne, tard le soir, en pleine campagne. Le conducteur se rappela avoir dépassé une maison déserte quelques minutes plus tôt. *Je vais y passer la nuit*, se dit-il. *Au moins, je pourrai me reposer.*

Il trouva du bois dans un angle du salon, alluma un feu dans la cheminée, puis s'enveloppa dans une couverture et s'endormit. Au petit matin, le feu s'éteignit et le froid tira l'homme du sommeil. *Le soleil va bientôt se lever*, remarqua-t-il. *J'irai chercher de l'aide quand il fera jour.*

Puis il referma les yeux. Mais, alors qu'il se rendormait, il entendit un terrible bruit. Quelque chose de lourd venait de tomber de la cheminée et restait étalé au sol. Au bout d'une longue minute, la chose se redressa et baissa les yeux sur le jeune homme.

Un coup d'œil sur la créature suffit à ce dernier pour s'enfuir sans demander son reste. Il n'avait rien vu d'aussi atroce de toute sa vie. Après avoir sauté par une fenêtre, il courut, courut, courut et courut jusqu'à ce que ses poumons menacent d'éclater.

Alors qu'il tentait de reprendre son souffle au bord de la route, il sentit qu'on lui tapotait l'épaule. Il se tourna et se retrouva face à deux grands yeux injectés de sang enfoncés dans un crâne grimaçant. C'était l'ignoble monstre !

— Excusez-moi, dit l'abomination. Quelque chose ne va pas ?

C'est lui !

Cette femme était la personne la plus méchante et la plus détestable qui se puisse imaginer, et son mari ne valait guère mieux. Leur seul bon côté, c'était qu'ils habitaient dans la forêt, isolés de tous, si bien qu'ils n'embêtaient personne.

Un jour, alors qu'ils étaient partis chercher du bois, la femme se fâcha si fort contre son époux qu'elle s'empara d'une hache et le décapita, juste comme ça. Puis elle l'enterra proprement et retourna chez elle.

Elle se prépara une tasse de thé et s'installa sur le perron. Assise dans son rocking-chair, elle sirota son breuvage tout en se répétant combien elle était ravie du crime qu'elle avait commis. Au bout d'un moment, elle entendit une étrange voix creuse qui gémissait et grondait au loin :

— Quiiiiiiiiii va me tenir compagnie en cette froide nuit solitaire ? Quiiiiiiiiii ?

C'est lui ! songea-t-elle. Et elle répondit en mugissant :

— Reste donc tout seul, vieux croûton.

Bientôt, la voix se fit entendre de nouveau, mais plus proche cette fois. Elle se lamentait :

— Quiiiiiiiiii va me tenir compagnie en cette froide nuit solitaire ? Quiiiiiiiiii ?

— Faudrait être dingue pour vouloir traîner avec toi ! hurla-t-elle. T'as qu'à rester tout seul, pauvre andouille !

Puis la voix, de plus en plus proche, reprit :

— Quiiiiiiiiii va me tenir compagnie en cette froide nuit solitaire ? Quiiiiiiiiiii ?

— Personne ! ricana-t-elle. Tu peux crever, sale demeuré !

Elle se releva pour rentrer, mais la voix, désormais juste derrière elle, lui chuchota au creux de l'oreille :

— Quiiiiiiiiiii va me tenir compagnie en cette froide nuit solitaire ? Quiiiiiiiiiii ?

Avant qu'elle ne puisse répondre, une grosse main poilue surgit et l'attrapa, tandis que la voix hurlait :

— C'EST TOI !

(En prononçant cette dernière réplique, saisissez vigoureusement l'un de vos amis.)

PFRRRRTTTTT!

Sarah était couchée quand elle aperçut le fantôme. Il était assis sur sa commode et tournait vers elle les deux orbites noires qui s'ouvraient à l'endroit où il avait jadis eu des yeux. Elle poussa un cri, et sa mère et son père accoururent.

— Il y a un fantôme sur ma commode, déclara-t-elle d'une voix tremblante. Il me regarde.

Quand ils allumèrent la lumière, le spectre avait disparu.

— Tu faisais juste un cauchemar, la rassura son père. Rendors-toi.

Mais à peine eurent-ils quitté la pièce qu'il réapparut, toujours assis sur la commode, à l'observer. Elle enfouit la tête sous la couverture et parvint à trouver le sommeil.

Le lendemain, le fantôme reparut. Plaqué contre le plafond, il l'observait avec attention. Quand Sarah l'aperçut, elle cria une fois encore. Et, une fois encore, son père et sa mère se ruèrent dans la chambre.

— Il est au plafond.

Quand ils allumèrent la lumière, il n'y avait rien.

— Ce n'est que ton imagination, lui dit sa mère, avant de lui faire un gros câlin.

Mais, aussitôt après leur départ, il était revenu, et il la regardait depuis le plafond. Elle enfouit donc la tête sous son oreiller et parvint à s'endormir.

Le lendemain, le fantôme était encore là. Assis sur le lit, il la dévisageait étroitement. Sarah appela ses parents, qui se précipitèrent à son chevet.

— Il est sur mon lit, dit-elle. Il n'arrête pas de me regarder.

Quand ils allumèrent la lumière, il n'y avait plus rien.

— Tu te fais de la bile pour rien, se moqua gentiment son père avant de lui déposer un baiser sur le nez et de la border. Allez, rendors-toi.

Mais, quand ils refermèrent la porte derrière eux, le fantôme était de retour sur son lit, sa face morte tournée vers elle.

— Pourquoi me fais-tu ça ? demanda Sarah. Pourquoi ne me laisses-tu pas tranquille ?

Lc fantôme planta ses pouces dans ses oreilles et agita ses autres doigts. Puis, il lui tira la langue et fit :

— PFRRRRTTTTT !

(Pour produire ce bruit, pincez votre langue entre vos lèvres et soufflez.)

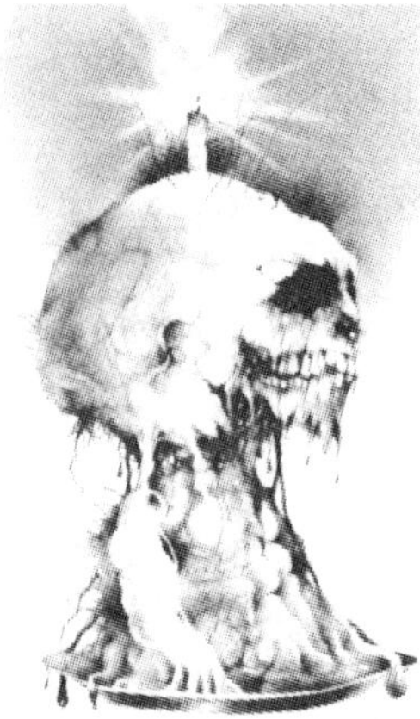

Le suivant

Quand vous assistez à un enterrement,
Pensez-vous que vous serez le suivant ?
On vous enveloppe dans un grand linceul
Où vous resterez à jamais, tout seul.
Et les vers se mettent à vous dévorer,
À grouiller sur vous de la tête aux pieds.
Vos yeux qui tombent et vos dents qui pourrissent…
Allez vite, songez-vous, *qu'on en finisse* !

Quand vous assistez à un enterrement,
Pensez-vous que vous serez le suivant ?

Notes et sources

« AAAAAAAAAAH ! »

« Le gros orteil » (p. 19) : Il existe des dizaines de récits à sensation de ce genre, mais deux seulement restent largement répandus de nos jours. Le premier est « Le gros orteil », qui figure dans le premier chapitre et demeure très populaire dans le sud-est des États-Unis. L'autre s'appelle « Le bras d'or », dont est issu « Le gros orteil ».

Dans « Le bras d'or », un homme épouse une femme portant un bras artificiel en or. À sa mort, il pille sa tombe pour s'en emparer, mais le spectre de la défunte vient le récupérer. Dans certaines variantes, il dérobe un cœur ou une chevelure en or, ou même un œil de diamant. Il s'agit parfois d'un organe naturel, généralement le foie ou le cœur, qu'il dévore en dépit du cannibalisme impliqué par cet acte.

« Le gros orteil » est un récit américain. « Le bras d'or », quoique largement répandu aux États-Unis, a des origines britanniques et allemandes. Les frères Grimm en ont ainsi répertorié une version au début du XIXe siècle. L'histoire, cependant, est bien plus ancienne.

Mark Twain avait l'habitude de raconter « Le bras d'or » en public. Concernant la déclamation des dernières lignes, il a donné un jour ce conseil, parfaitement applicable au

« Gros orteil » : « Il vous faut gémir ["Où est mon bras d'or ?"] très plaintivement, d'une voix accusatrice ; puis il convient de [marquer une pause et de] scruter gravement un membre de l'assistance… si possible une fille… et de laisser ce répit s'étirer en un profond silence. Une fois satisfait de sa durée, bondissez subitement sur ladite fille et criez : "C'est vous qui me l'avez pris !" Si vous avez correctement marqué votre pause, elle laissera échapper un adorable petit glapissement et sursautera jusqu'au plafond… »

Ce genre de récits « à sensation » se décline selon trois principaux modèles narratifs. On en trouve deux dans le premier chapitre. Dans le troisième, le fantôme revient chercher ce qui lui a été volé. Feignant l'innocence, le pilleur de tombe lui demande ce que sont devenus ses différents membres. À chaque question, le fantôme répond : « Flétri et décomposé. » Ce n'est que quand le voleur mentionne le membre dérobé que l'esprit hurle : « C'est *toi* qui me l'as pris ! »

Pour ma part, j'ai découvert « Le gros orteil » pendant la Seconde Guerre mondiale, du temps où je servais dans la US Navy. Je l'ai recueilli auprès d'un matelot originaire de Virginie ou de Virginie-Occidentale.

Pour connaître ses variantes, voir : Chase, *American Folk Tales and Songs* ; Chase, *Grandfather Tales* ; Roberts, *South from Hell-fer-Sartin*.

« La promenade » (p. 23) : Je l'ai collecté auprès de Edward Knowlton, à Stonington, dans le Maine, en 1976. Une variante écossaise s'achève par le mot « WOW ! ».

Voir : Briggs, *Dictionary of English Folk-Tales in the English Language*.

« Que venez-vous faire ici ? » (p. 25) : Réinterprétation d'un récit circulant aux États-Unis et au Royaume-Uni.

Pour une version écossaise datant du XIXe siècle, voir « The Strange Visitor », Chambers, *Popular Rhymes of Scotland.*

« Moi ficeler vaillant mar-cheur » (p. 26) : Réinterprétation d'une vieille légende du Kentucky recueillie par Herbert Halpert à Bloomington, dans l'Indiana, en 1940, auprès de Mme Otis Milby Melcher.

Pour d'autres histoires de maison hantée similaires, voir : Randolph, *The Talking Turtle and Other Ozark Folk Tales*, et Roberts, *South from Hell-fer-Sartin.*

« L'homme qui vivait dans le Maine » (p. 30) : J'ai collecté ce poème auprès de Tom O'Brien, à San Francisco, en 1975. Lui-même le tenait de son père anglais, qui le lui avait raconté au début du siècle.

« La vieille dame avec la peau sur les os » (p. 33) : Chanson traditionnelle aux États-Unis et au Royaume-Uni.

Pour découvrir ses variantes, voir : Chase, *American Folk Tales and Songs*, et Flanders, *Vermont Folk-Songs & Ballads.*

Des pas gravissaient l'escalier de la cave

Dans quasiment chaque culture, il existe une croyance affirmant le retour des morts. Ils reviennent pour quantité de raisons différentes : leur vie s'est interrompue avant leur « temps imparti » ; ils n'ont pas obtenu de funérailles dignes de ce nom ; ils souhaitent punir quelqu'un ou se venger ; ou enfin ils réapparaissent pour consoler ou conseiller un proche, ou obtenir le pardon.

On raconte que certains reviennent sous forme humaine. De fait, ils ressemblent parfois en tout point à celui ou celle qu'ils étaient de leur vivant, si bien que ceux qui les croisent ne se rendent pas forcément compte qu'ils ont affaire à des revenants.

L'un des exemples les plus connus de ces « fantômes vivants » est l'archétype de l'auto-stoppeuse fantôme. Elle apparaît généralement en pleine nuit. Debout à un coin de rue ou au bord de la route, elle fait signe à un conducteur de passage et lui demande de la ramener chez elle.

Elle s'installe sur la banquette arrière de la voiture. Mais quand le conducteur atteint l'adresse indiquée, il se rend compte qu'elle a disparu. Lorsqu'il en informe sa famille, il apprend qu'elle est morte à cette même date plusieurs années auparavant, à l'endroit exact où il l'a récupérée.

Cette section présente deux récits de fantômes vivants : « Les invités » et « Froid comme la pierre ».

Certains morts reviennent, dit-on, sous la forme d'animaux – et tout particulièrement de chiens. D'autres peuvent se présenter comme des spectres immatériels, ou bien se manifester sous l'apparence d'une boule de feu ou d'une lumière flottante. N'oublions pas ceux qui se font remarquer par le biais de bruits ou de perturbations physiques, tels que le claquement d'une porte, le tintement d'une clé dans une serrure ou le déplacement du mobilier.

On a également déjà entendu parler de fantômes d'animaux ou même d'objets : pistolets, bottes, fusils, ou encore trains ou voitures associés à des morts précises.

Les fantômes d'humains se comportent on ne peut plus humainement. Ils mangent, boivent, prennent les transports en commun, jouent du piano et vont pêcher. Il leur arrive aussi de rire, pleurer, crier, chuchoter et de produire toutes sortes de sons.

Quand il a accompli la tâche qui motivait son retour, un fantôme regagne généralement sa tombe. Mais, parfois, il faut pour cela avoir recours à quelqu'un, souvent un prêtre ou un pasteur, dont le savoir liturgique lui permet d'« exorciser » ou d'offrir le repos éternel au revenant.

Si vous souhaitez voir ou entendre un fantôme, plusieurs approches sont possibles : jetez un coup d'œil par-dessus votre épaule gauche ; regardez à travers l'une ou l'autre des oreilles d'une mule ; scrutez votre reflet en compagnie d'une autre personne ; disposez six assiettes blanches sur une table, puis rendez-vous dans un cimetière à midi et énoncez à haute voix le nom d'une connaissance enterrée là.

En cas de rencontre avec un fantôme, il est conseillé d'engager la conversation avec lui. Ce faisant, vous pourrez peut-être l'aider à trouver le repos. Certains prétendent que la formule la plus efficace pour s'adresser à un fantôme est la suivante : « Au nom du Seigneur [ou bien au nom du Père, du Fils et du Saint-Esprit], que voulez-vous ? » On raconte également qu'avoir une bible sur soi vous protégera d'un esprit vengeur et prouvera votre sincérité.

Pour autant, la plupart des fantômes ne paraissent pas dangereux. Comme le fait remarquer la folkloriste Maria Leach : « Un fantôme se présente généralement comme une pauvre âme sans défense… en quête d'un être doté d'assez de bienveillance et de compassion pour lui parler et lui rendre un petit service. »

Voir : Leach, *Rainbow Book of American Folk Tales and Legends.*

« La chose » (p. 37) : Ce récit décrit un présage ou signe annonciateur de mort. L'avertissement prend ici la forme d'une silhouette squelettique qui commence par surgir, puis par pourchasser les protagonistes. Techniquement, ce squelette relève de la catégorie des *wraiths*, à savoir l'apparition auprès d'un vivant de ce à quoi il ressemblera une fois mort. Mais les présages les plus courants requièrent l'ouïe plutôt que la vue, tel un coup frappé à la porte ou le tintement d'une horloge.

Ce récit est adapté d'un témoignage trouvé dans le recueil *Bluenose Ghosts* de Helen Creighton.

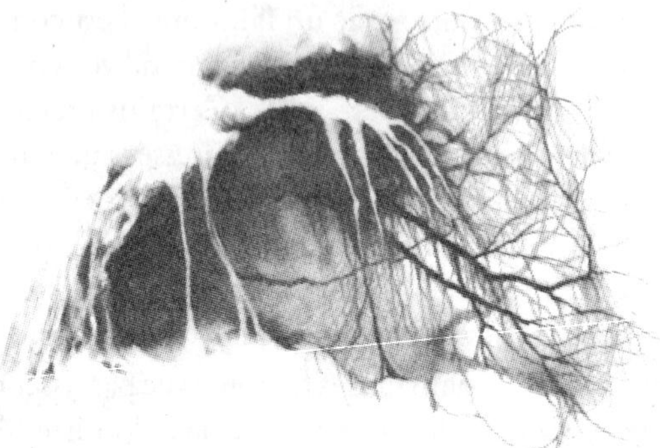

« Froid comme la pierre » (p. 39) : Récit circulant aux États-Unis et au Royaume-Uni, dérivé d'une ballade anglaise : « The Suffolk Miracle ».

« Le loup blanc » (p. 41) : Réinterprétation d'un incident évoqué par Ruth Ann Musick dans *The Telltale Lilac Bush and Other West Virginia Ghost Stories.*

« La maison hantée » (p. 44) : Les récits mettant en scène une personne assez courageuse pour passer une nuit dans une maison hantée, et qui s'en trouve généralement récompensée, abondent aux quatre coins du monde. Il existe de nombreuses versions de cette histoire, mais le thème central reste immuable. Cette section en comprend ainsi quatre variantes : « Moi ficeler vaillant mar-cheur », « La maison hantée », « Faut attendre Martin » et « Le fantôme aux doigts sanglants ». Selon la classification Aarne-Thompson, ce scénario correspond au conte type AT 326 (le garçon qui voulait savoir ce qu'est la peur).

« La maison hantée » est à retrouver dans *American Folk Tales and Songs* de Richard Chase, recueilli à Wise County, en Virginie, avant 1956. Ici dans une version abrégée.

« Les invités » (p. 48) : Extrêmement répandu, ce récit circulait fréquemment dans la région d'Albany, dans l'État de New York. La version donnée dans ce recueil s'appuie sur deux sources : les souvenirs de Barbara Carmer Schwartz, mon épouse, qui a grandi dans la banlieue d'Albany, et un témoignage recueilli auprès de Sunna Cooper par Louis C. Jones dans *Things That Go Bump in the Night.*

Ils dévorent vos yeux, ils dévorent votre nez

« Le chant du corbillard » (p. 53) : Si, aux États-Unis, bon nombre d'adultes connaissent cette chanson, elle est extrêmement répandue chez les écoliers. Au cours de la Première Guerre mondiale, une version plus crue servait de chant de guerre aux soldats américains et britanniques, son but étant probablement d'aider ces hommes à surmonter leur peur de la mort. De nos jours, cette chanson aide surtout les enfants à envisager une certaine matérialité de la mort, par le biais de la satire et de l'humour.

Ce chant descend d'une vieille tradition poétique. Pendant le Moyen-Âge, de nombreux poèmes européens traitaient de la mort et de la décomposition. Voici une strophe de ce type provenant d'un poème du XIIe siècle, originellement en moyen anglais :

Un méchant ver niche dans mes vertèbres ;
J'ai le regard trouble et les yeux ouverts ;
Mes entrailles pourrissent, mes cheveux sont verts ;
Mes dents à nu forment un sourire funèbre.

À l'époque, de tels poèmes avaient peut-être une autre raison d'être : détourner l'homme de cette pauvre chair condamnée à pourrir et lui faire désirer l'au-delà.

« La fille qui marcha sur une tombe » (p. 55) : Réinterprétation d'une histoire ancienne bien connue aux États-Unis et au Royaume-Uni. Dans d'autres versions,

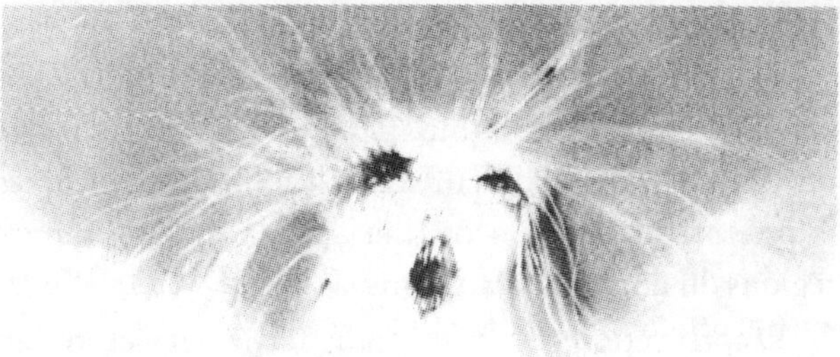

la victime est clouée au sol par un bâton, un poteau, un maillet de croquet, une épée ou une fourche.

Voir : Roberts, *South from Hell-fer-Sartin.*

« Un nouveau cheval » (p. 57) : Ce récit de sorcière circule sur toute la surface du globe. Ma réinterprétation s'appuie sur une version circulant dans les montagnes du Kentucky, telle que recueillie par Leonard Roberts. Dans cette variante, le vieil homme s'empare d'un fusil et abat son épouse après avoir découvert qu'il s'agissait d'une sorcière.

Voir : Roberts, *Sang Branch Settlers: Folksongs and Tales of an Eastern Kentucky Family.*

« Alligators » (p. 60) : Ce récit s'appuie sur une ancienne légende des monts Ozark, collectée par Vance Randolph auprès d'une vieille femme à Willow Springs, dans le Missouri, en août 1939.

Voir : Randolph, *Sticks in the Knapsack.*

« De la place pour un » (p. 62) : Cette légende a longtemps circulé aux États-Unis et au Royaume-Uni.

Pour deux variantes anglaises, voir : Briggs, *Dictionary of English Folk-Tales in the English Language.*

« Le wendigo » (p. 65) : Le wendigo, ou windigo, est un esprit femelle personnifiant le froid atroce des forêts du Grand Nord. Elle figure dans le folklore des peuples indiens originaires de la forêt, au Canada et dans certaines régions du nord des États-Unis.

D'après cette légende, le wendigo attire ses victimes en les appelant d'une manière irrésistible, puis il les emporte à toute vitesse le long du sol avant de les entraîner dans les airs et de les lâcher dans le vide. Brûlés par la friction, les pieds des victimes sont souvent réduits à l'état de moignons. Quand le monstre s'est emparé d'eux, on raconte qu'ils s'écrient : « Mes pieds de feu, mes pieds de feu brûlants ! »

Le seul moyen de se protéger d'un wendigo est de retenir la personne désignée par sa voix. Cependant, l'esprit tente alors d'attirer quiconque s'interpose.

Pour certaines tribus du Nord, le wendigo n'incarne pas le froid, mais se présente comme un géant amateur de chair humaine. Au XIXe siècle, il est arrivé à des Indiens de manifester une tendance au cannibalisme, maladie que les anthropologues ont plus tard baptisée : la « psychose wendigo ».

Cette histoire indienne est un classique des colonies et camps de vacances du nord-est des États-Unis. Cette interprétation s'appuie sur une version que m'a racontée le professeur Edward M. Ives, de l'université du Maine. Lui-même l'avait entendue pour la première fois dans les années 1930 dans le camp scout de Curtis Read, près de Mahopac, dans l'État de New York.

Pour une version plus littéraire de ce récit, voir : « Le wendigo » d'Algernon Blackwood, dont j'ai tiré le nom de DéFago.

« Le cerveau du mort » (p. 69) : Jeu fort répandu parmi les jeunes gens, aux États-Unis.

« Puis-je porter votre panier ? » (p. 72) : Recueilli auprès de Tom O'Brien, à San Francisco, en 1976.

Pour une proche variante, voir : Briggs, *Dictionary of English Folk-Tales in the English Language.*

Dangers d'aujourd'hui

Les récits de cette section sont vraisemblables. Ils mettent en scène des gens ordinaires et décrivent des situations plus ou moins crédibles. Cependant, les mêmes histoires ressurgissent continuellement, d'un bout à l'autre du pays. Et il n'est jamais vraiment possible de remonter jusqu'aux véritables acteurs de l'histoire. On tient en général cette dernière de quelqu'un qui connaît quelqu'un qui connaît ceux à qui c'est arrivé.

(La seule exception connue implique la légende dite de la « voiture de la mort », soit un véhicule d'occasion revendu pour une bouchée de pain en raison de l'odeur persistante d'un cadavre. Le folkloriste Richard M. Dorson a remonté la piste de ce récit jusqu'à Mecosta, dans le Michigan, où l'incident a eu lieu en 1938).

La plupart de ces histoires traduisent, d'une manière ou d'une autre, une forme d'anxiété contemporaine. Elles tirent leur origine d'un mélange de faits et de rumeurs qui renforce la peur qu'elles inspirent, et autour duquel s'élabore leur narration.

Ces légendes modernes sont parfois décrites par les folkloristes comme des « récits migratoires », au sens où elles ne s'associent pas à un lieu ou territoire donné, comme c'est souvent le cas dans les légendes traditionnelles. Elles forment une branche particulièrement vigoureuse du folklore moderne.

Toutes les histoires de cette section mettent en scène un jeune homme ou une jeune femme en danger. Bien qu'il présente un élément surnaturel, le récit « De la place pour un », dans la section précédente, compte parmi ces légendes urbaines. On le retrouve en effet en plusieurs endroits des États-Unis et des îles Britanniques.

Parmi les thèmes récurrents des légendes urbaines, citons : la violence, l'horreur, les dangers de la technologie, la nour-riture souillée, les relations entre amis ou entre parents, la honte et bien d'autres sources d'angoisse.

D'ordinaire, elles circulent par le bouche-à-oreille, mais il arrive que les médias participent à leur diffusion.

Voir : Campion-Vincent et Renard, *Légendes urbaines, rumeurs d'aujourd'hui*.

« Le crochet » (p. 77) : Cette légende est si répandue, tout particulièrement sur les campus universitaires, que cette version ne s'appuie sur aucune source précise.

Voir : Campion-Vincent et Renard, « Le fou au crochet », *Légendes urbaines, rumeurs d'aujourd'hui*.

« La robe du soir en satin blanc » (p. 79) : On retrouve deux versions de ce même récit dans la Grèce antique. Hercule meurt en portant une tunique empoisonnée par son épouse avec le sang de son rival, le centaure Nessos. Pareillement, Médée offre une robe empoisonnée à Créuse, future promise de Jason, son ancien mari. À peine Créuse a-t-elle enfilé la robe qu'elle meurt.

« Pleins phares » (p. 82) : Dans une variante que j'ai collectée à Waverly, dans l'Iowa, une femme s'arrête dans la station-service d'un quartier défavorisé. Le pompiste remarque alors un homme caché sur la banquette arrière. Il prend l'argent de la femme, mais ne lui rend pas sa monnaie. Au bout de quelques minutes, la cliente entre dans la station pour récupérer son argent. Alors seulement le pompiste lui parle-t-il de l'homme, et tous deux appellent la police.

« La baby-sitter » (p. 85) : Recueilli auprès de Jeff Rosen à Jenkintown, en Pennsylvanie, en 1980. Dans une version fort répandue, l'intrus est arrêté par la police après qu'on a découvert les enfants assassinés dans leurs lits. La baby-sitter parvient à s'enfuir. Le film *Terreur sur la ligne* met en scène cette légende urbaine.

« HA HA HAAAAAAAAAA ! »

« Le nez broyeur » (p. 91) : Recueilli auprès de Leslie Kush, à Philadelphie, en 1980.

« Le grenier » (p. 92) : Je tiens cette histoire de mon enfance. Dans une variante, le chasseur vit avec deux enfants, qui disparaissent mystérieusement. Il décide d'aller les chercher dans le grenier, puis crie après avoir ouvert la porte.
Voir : Leach, *Rainbow Books of American Folk Tales and Legends.*

« Les os d'Aaron Kelly » (p. 95) : Réinterprétation d'une légende collectée par John Bennett auprès de Sarah Ruthledge et Epsie Meggett, deux Afro-Américaines qui racontaient cette histoire en dialecte gullah, le long du littoral de Caroline du Sud avant 1943.
Voir : Bennett, *The Doctor to the Dead.*

« Le glouglou bavoteux » (p. 98) : Recueilli auprès de Jackie Lagoy, à Leominster, Massachusetts, en 1972.

« Faut attendre Martin » (p. 100) : Réinterprétation d'une légende afro-américaine traditionnelle qui circulait dans le sud-est des États-Unis. Dans certaines versions, les chats attendent « Emmett », « Patience » ou même « Whalem-Balem » au lieu de Martin.
Voir : Botkin, *A Treasury of American Folklore.*

« Le fantôme aux doigts sanglants » (p. 102) : Recueilli auprès de Ramona Martin, en 1973. Dans une variante, le fantôme est un monstre qui tue tous les occupants d'une chambre d'hôtel hantée, à l'exception d'un hippie joueur de guitare.

Quand elle l'aperçut, elle poussa un hurlement et prit ses jambes à son cou

« Quelque chose clochait » (p. 107) : Réinterprétation d'un récit sans titre trouvé dans *Try and Stop Me* de Bennett A. Cerf.

« L'épave » (p. 109) : Il s'agit là d'un exemple parmi tant d'autres du thème de l'« auto-stoppeur fantôme ».

Voir : Brunvand, *The Vanishing Hitchhiker: American Urban Legends and their Meanings* ; et Campion-Vincent et Renard, *Légendes urbaines, rumeurs d'aujourd'hui.*

« Un dimanche matin » (p. 111) : Ce récit trouve son origine dans la croyance ancienne voulant que la nuit appartienne aux morts et que les lieux de culte soient hantés une fois le soleil couché.

Le folkloriste Alexander Krappe a suggéré qu'il pourrait s'expliquer – ou avoir été inspiré – par un épisode de somnambulisme. Le rêveur aurait ainsi pu marcher jusqu'à sa destination tout en dormant et continué de rêver jusqu'à son réveil, fournissant ainsi la matière de l'histoire. Et si, comme Ida, il avait découvert ses vêtements déchirés ou sa peau lacérée ? Ce genre de blessures peuvent s'expliquer de bien des façons, avançait Krappe.

Afin d'illustrer son hypothèse, le folkloriste racontait l'anecdote d'un médecin allemand du XIXe siècle. Durant ses études, le médecin a vécu dans la même maison qu'un adolescent de dix-sept ans qui marchait en dormant. Un soir, le garçon rêva qu'il était 7 heures du matin et qu'il devait se rendre à l'école.

Toujours endormi, il se lava, s'habilla, prépara ses cahiers et descendit au rez-de-chaussée. Avant d'ouvrir la porte, il vérifia l'heure, comme il le faisait chaque matin. À ce moment-là, l'horloge sonna douze coups et le tira du sommeil.

Imaginons toutefois qu'il ne se soit pas réveillé. Krappe suggère qu'il se serait probablement rendu à son école, tout comme Ida se rend à l'église où elle poursuit son cauchemar.

Pour ma part, je tiens ce récit de mes études à la Northwestern University, à Evanston, dans les années 1950. Cette version s'appuie sur mes propres souvenirs et sur les travaux de Krappe.

Voir : Krappe, *Balor with the Evil Eye. Studies in Celtic and French Literature.*

« Bruits » (p. 114) : Le premier à avoir répertorié cette légende était un journaliste de Brooklyn, New York, dénommé Charles M. Skinner. Sans avoir suivi de formation de folkloriste, Skinner s'impose comme le premier grand collecteur de légendes américaines. Entre 1896 et 1903, il

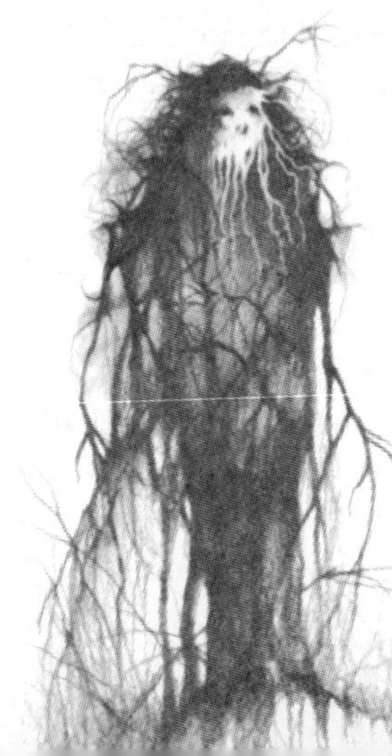

a publié cinq recueils d'histoires glanées aux quatre coins des États-Unis, certains devenant des best-sellers. En tout et pour tout, Skinner a recueilli et reformulé 515 récits traitant de fantômes, de trésors, de soulèvements indiens, de sorcières, de charges de cavalerie, parmi tant d'autres sujets. Il a fallu attendre les années 1980 pour que les folkloristes se penchent sur cet inestimable corpus.

Cette légende précise circulait à Mobile, en Alabama, à la fin du XIXe siècle. La maison déserte décrite dans le texte avait été bâtie par un riche Anglais qui vivait là avec sa fille, qu'il disait « attardée », et plusieurs domestiques. Personne ne leur rendait jamais visite, et ils ne sortaient que rarement. Un jour, il repartit brusquement en Angleterre, laissant sa fille derrière lui. Plus personne n'entendit parler d'elle. La maison fut vendue, puis revendue encore et encore, sans que jamais quiconque parvienne à l'habiter.

Voir : Skinner, *American Myths and Legends*.

« Une étrange lumière bleue » (p. 117) : Tiré d'un article paru dans le *Champion*, journal de Downey, Californie, le 17 décembre 1892.

« Tombé du mât » (p. 119) : L'auteur de cette histoire est l'auteur-illustrateur George S. Wasson. Il en a écrit bien d'autres, inspirées par les récits que se racontaient les pêcheurs dans les villages côtiers du Maine au XIXe siècle. Ses nouvelles, nourries par son savoir des légendes et dialectes locaux, mentionnent toutes un petit port nommé Killick Cove, pendant littéraire de la ville de Kittery Point dans le sud du Maine, où vivait Wasson.

Voir : Wasson, *Captain Simeon's Store*.

« Le petit chien noir » (p. 123) : Cette histoire contant la vengeance d'un petit chien s'appuie sur « Sir Burton's Little Black Dog », récit populaire des monts Ozark. Recueilli par Vance Randolph auprès de Mme Marie Wilbur, à Pineville, dans le Missouri, en 1929.

Voir : Randolph, *Who Blowed Up the Church House? and Other Ozark Folk Tales.*

« Cliqueti-clic » (p. 126) : Il s'agit là d'une histoire tirée des *Contes de l'oncle Remus*, célèbre série de recueils composés par Joel Chandler Harris à partir des chants, coutumes, expressions et récits d'esclaves entendus dans sa jeunesse.

Ses récits de la vie des Noirs au cœur d'une plantation paraissent pour la première fois en 1878 dans le quotidien *The Atlanta Constitution*. Le premier de ses recueils : *Uncle Remus: His Songs and Sayings*, est publié deux ans plus tard et obtient un succès retentissant. Neuf autres suivront.

Tous convoquent remarquablement la vie et les personnalités des Noirs du vieux Sud, l'oncle Remus éponyme occupant le rôle traditionnel du vieil esclave racontant des histoires aux enfants du maître.

Voir : Harris, *Nights with Uncle Remus.*

Elle crachait et sifflait comme une chatte

« La jeune mariée » (p. 133) : Réinterprétation d'un récit traditionnel anglais et américain, à partir de plusieurs variantes et des paroles de la ballade « The Mistletoe

Bough » (« La branche de gui ») de Thomas Haynes Bayly, dont voici la dernière strophe :

Pour finir, un très vieux coffre en chêne oublié
Fut trouvé au château, enfoui dans le grenier.
À l'intérieur gisait un squelette pourrissant
Vêtu d'une robe de mariée, ouvrage ravissant.
Oh, triste sort que le sien ; afin de s'amuser,
Elle s'était glissée dans le coffre pour se cacher ;
Mais le couvercle sur sa tête s'était rabattu
Et la mort de sa beauté a prélevé le tribut.

Voir : Briggs, *A Dictionary of British Folktales.*

« Des bagues à ses doigts » (p. 135) : Afin d'embaumer un cadavre, on injecte dans les systèmes sanguin et lymphatique un fluide contenant généralement du formaldéhyde. Celui-ci parvient à préserver l'apparence du corps jusqu'à sa décomposition... mais garantit également que celui qu'on enterre est bien mort.

Avant la diffusion des méthodes modernes d'embaumement, les légendes du type de « Des bagues à ses doigts » étaient monnaie courante. Toutes déclinaient la même situation : une personne est déclarée morte alors qu'elle se trouve en réalité dans le coma ou plongée dans une forme de transe, puis reprend conscience dans son cercueil, pendant ou après l'enterrement. Dans ce dernier cas, ceux qui survivent à cette mort atroce doivent leur vie à des pilleurs de tombes.

En ce temps-là, les voleurs déterraient les cadavres pour dérober leurs bijoux, ou bien vendre les corps aux facultés de médecine. De temps à autre, il leur arrivait de tomber sur un vivant que l'air froid de la nuit – ou la morsure du couteau lorsque les voleurs tentaient de lui couper un doigt – tirait de sa stupeur.

Au début du XIXe siècle, une Anglaise craignait tant d'être enterrée vivante qu'elle exigea qu'on l'inhume dans un caveau et qu'on l'allonge dans un cercueil sans couvercle. Une petite ouverture avait même été aménagée dans la paroi du caveau, lui permettant de respirer et d'être entendue si jamais elle reprenait ses esprits.

Ce récit s'appuie sur plusieurs variantes. La conclusion qui voit périr le pilleur de tombes s'inspire de « The Thieving Sexton » (« Le sacristain kleptomane ») (Briggs et Tongue, *Folktales of England*).

« Le tambour » (p. 137) : Les contes moraux incitant les enfants à bien se tenir ou à subir les conséquences de leur mauvais comportement se retrouvent dans presque toutes les cultures. « Le tambour » est la réinterprétation

d'un de ces récits, transmis de génération en génération au sein d'une famille anglaise avant de migrer aux États-Unis en même temps qu'un de ses représentants.

La folkloriste Katharine M. Briggs associe la petite gitane de l'histoire à une figure satanique rendue plus maléfique encore par le fait qu'elle revient sur son marché, ce dont même Satan ne serait pas capable.

Voir : Briggs, *A Dictionary of English Folktales.*

« La fenêtre » (p. 142) : Le vampire de « La fenêtre » diffère des revenants en ce qu'il est un mort-vivant, un être de chair et de sang qui n'a pu trouver le repos éternel et sort de sa tombe. Il passe chaque nuit en quête d'une femme à mordre, pour puiser dans sa gorge le sang qui lui manque tant. Mais il lui faut regagner son cercueil avant le chant du coq.

On retrouve le mythe des vampires dans de nombreuses régions du monde, mais c'est en Russie, Pologne, Roumanie, Bulgarie, Hongrie et Grèce que la croyance demeure la plus ancrée. Dans la Hongrie du XVIIIe siècle, la présence fantasmée de vampires provoquait des psychoses collectives similaires à celles soulevées par les sorcières en Nouvelle-Angleterre, un siècle auparavant.

Il existe peu de comptes rendus d'expériences vampiriques aux États-Unis ou au Royaume-Uni. Parmi eux, citons tout de même ce bref récit recueilli en 1933 à Crane, dans le Missouri, par Vance Randolph. Il met en scène un garçon parti récupérer son ballon, qu'il a malencontreusement lancé dans le jardin d'une sorcière. La fille de la sorcière lui coupe alors la gorge et, avec sa mère, boit son sang. Randolph y voit un lien avec la ballade traditionnelle nommée « Sir Hugh », qui narre une mésaventure similaire.

L'histoire anglaise baptisée « La fenêtre » compte sans doute parmi les témoignages les plus détaillés du monde anglophone. Cependant, la description de la méthode utilisée pour détruire le vampire semble incomplète. Dans la tradition est-européenne, le vampire aurait été décapité avant d'être brûlé. Ses restes auraient ensuite été enterrés au bord d'un carrefour. Une autre célèbre méthode permet de garantir que le vampire ne reviendra pas : lui planter dans le cœur un pieu en bois aiguisé.

Pour devenir un vampire, selon certains, il faut : être sorcier ou sorcière ; s'être suicidé ; ou bien s'être fait mordre par un vampire. Si un corps est enterré avec la bouche ouverte ou si un chat saute au-dessus du cercueil pendant les obsèques, le mort se transformera alors en vampire.

On raconte que le meilleur moyen d'éloigner les vampires serait d'avoir sur soi des clochettes, de l'ail ou des objets en fer.

« Merveilleuse saucisse » (p. 146) : Ce récit condense plusieurs variantes, dont « The Bloody Miller » (« Le meunier sanglant »), recueillie par Vance Randolph auprès de Mme Elizabeth Maddocks, à Joplin, dans le Missouri, en 1937.

Voir : Randolph, *The Talking Turtle and Other Ozark Folk Tales.*

« La patte du chat » (p. 148) : Réinterprétation d'un récit de sorcière fort répandu, recueilli par Vance Randolph auprès de Lon Jordon, à Farmington, dans l'Arkansas, en 1941.

Voir : Randolph, *Ozark Mountain Folks* et *The Talking Turtle and Other Ozark Folk Tales.*

« La voix » (p. 151) : Récit à sensation traditionnel, auquel je me suis permis d'ajouter une brève conclusion en trois lignes.

Au réveil, tout redeviendra comme avant

« Oh, Susannah ! » (p. 155) : Voici un exemple typique d'un vaste corpus de légendes urbaines extrêmement populaires narrant les atrocités commises par des tueurs psychopathes aux abords ou à l'intérieur de campus universitaires. Ces récits regorgent de jeunes gens poignardés ou massacrés à la hache, leurs appels à l'aide ignorés par leurs colocataires trop effrayés pour ouvrir la porte de leur chambre. La folkloriste Linda Dégh suggère que ces légendes s'apparentent à des contes moraux contemporains ayant pour but d'avertir les jeunes étudiants des dangers qui les guettent dans ce vaste monde qui s'ouvre à eux.

Voir : Linda Dégh, *American Folk Legend. A Symposium* ; et Campion-Vincent et Renard, « Les maniaques urbains », *Légendes urbaines, rumeurs d'aujourd'hui.*

« L'homme du milieu » (p. 157) : Cette légende circule à New York, Londres, Paris et toutes les autres métropoles équipées d'un métro. Au début du XXe siècle, la même histoire se déroulait dans un tramway hippomobile de New York au beau milieu d'une tempête de neige.

« Le chat dans le sac de courses » (p. 159) : J'ai découvert ce récit à Denver et à Helena, dans le Montana, à la fin des années 1970. Le texte du présent recueil s'appuie sur mes propres souvenirs et diverses variantes trouvées dans Brunvand, *The Vanishing Hitchhiker: American Urban Legends and Their Meanings.*

« Le lit près de la fenêtre » (p. 161) : Tiré de Cerf, *Famous Ghost Stories.*

« La main du mort » (p. 163) : Ce récit circule dans les écoles de médecine et d'infirmières. Dans l'une des variantes, la victime est retrouvée morte, étranglée par la main du cadavre.

« Un fantôme dans le miroir » (p. 165) : Déclinaison de diverses variations. Voir Knapp, *One Potato, Two Potato. The Secret Education of American Children.*

« La malédiction » (p. 167) : Réinterprétation d'une légende souvent intitulée « The Fatal Fraternité Initiation » (« L'initiation fatale de la fraternité »).

Voir : Dégh, *Indiana Foklore. A Reader.*

Rira bien qui rira le dernier

« L'église » (p. 173) : Réinterprétation d'un récit recueilli par Vance Randolph auprès de Wayne Hogue, à Memphis, Tennessee, en 1952.

Voir : Randolph, *Sticks in the Knapsack and Other Ozark Folk Tales.*

« La mauvaise nouvelle » (p. 175) : Recueilli auprès de Constance Paras, à Pittsburgh, en 1983.

« Bouillon de cimetière » (p. 177) : Ce récit à sensation s'appuie sur une histoire collectée par Newbell N. Puckett auprès de Marie Sneed, à Burton, Caroline du Sud, aux alentours de 1925.

Voir : Puckett, *Folk Beliefs of the Southern Negro.*

« Le costume brun » (p. 179) : Je tire ce récit de mes propres souvenirs.

« Ka-boum » (p. 181) : Paroles recueillies auprès de Margaret Z. Fisher, à Manheim Township, Pennsylvanie, en 1982. Se chante sur la mélodie de « The Irish Washerwoman », une gigue traditionnelle irlandaise.

« Tippiti-tap » (p. 183) : Le fauteuil hanté de cette histoire est un poltergeist, terme qui signifie littéralement « fantôme bruyant ». Pour autant, les fantômes de ce type sont normalement invisibles. Ils font remarquer leur présence au moyen de tapotements, grattements et autres gestes ou bruits qu'on ne peut expliquer.

On dit de ces esprits qu'ils peuvent déplacer des meubles, projeter des assiettes hors des buffets, arracher aux cheminées des bûches enflammées, et même tailler dans les vêtements et les couvertures des formes étranges, souvent des croissants, à l'aide d'invisibles ciseaux.

Dans *Les Papiers posthumes du Pickwick Club*, Dickens évoque un fauteuil parlant qui aurait aidé un représentant de commerce à conquérir la main de sa bien-aimée.

Récit recueilli par Emelyn E. Gardner auprès de Maggie Zee, à Middleburgh, État de New York, aux alentours de 1914.

Voir : Gardner, *Folklore from the Schoharie Hills, New York* ; et Dickens, *Les Papiers posthumes du Pickwick Club*.

Quand vient la mort

« Le rendez-vous » (p. 189) : Cette histoire est une réinterprétation d'un récit ancestral ayant généralement le Moyen-Orient pour décor. Un jeune homme aperçoit la Mort sur une place de marché à Damas, la capitale de la Syrie. Afin d'échapper à son destin, il fuit soit à Bagdad, soit à Samarra, dans l'actuel Irak. La Mort, bien entendu, l'attend là-bas. Dans certaines versions, la Mort est une femme plutôt qu'un homme. L'histoire a été contée sous d'autres avatars par Edith Wharton, l'écrivain anglais W. Somerset Maugham ou encore Jean Cocteau. Le romancier américain John O'Hara a d'ailleurs intitulé son premier livre *Rendez-vous à Samarra*.

Voir : Woollcott, *While Rome Burns*.

« L'arrêt de bus » (p. 190) : Il s'agit d'un énième représentant de la famille des « auto-stoppeurs fantômes », qu'on aperçoit tard le soir ou pendant l'orage au coin d'une rue ou au bord de la route. Une fois parvenus à destination, ceux-ci s'évanouissent, à la grande surprise du conducteur. Contrairement à d'autres versions, la revenante de « L'arrêt de bus » conserve sa forme humaine plusieurs semaines durant avant sa disparition.

Ce récit se base sur plusieurs variantes. L'une nous vient de Barbara Carmer Schwartz qui l'a racontée en 1940 à Delmar, New York. Il existe aussi une version dans laquelle le jeune homme perd l'esprit en apprenant que la jeune femme est un fantôme. Voir : Jones, *Things That Go Bump in the Night.*

Une histoire similaire circulait dans la Rome antique. Elle met en scène une jeune femme nommée Philinnion qui perd prématurément la vie. Six mois plus tard, on la voit au bras de l'homme qu'elle aimait, ce dernier ignorant tout de sa mort. Quand ses parents apprennent son retour, ils accourent pour la voir. Elle les accuse alors de trop se mêler de sa « vie », puis meurt une seconde fois. Voir : Collin de Plancy, *Dictionnaire infernal.*

Le folkloriste Jan Brunvand catalogue de nombreuses variantes de l'auto-stoppeur fantôme dans *The Vanishing Hitchhiker. American Urban Legends and Their Meanings.* Voir également Campion-Vincent et Renard, *Légendes urbaines, rumeurs d'aujourd'hui.*

« Toujours plus vite » (p. 193) : Je tiens cette histoire d'un été passé en colonie de vacances, dans les années 1940, dans l'État de New York ou du New Hampshire. Dans l'une de ses publications, Ruth L. Tongue raconte avoir recueilli un récit similaire en 1964, dans le Berkshire, en Angleterre. Deux enfants découvrent un vieux cor de chasse dans la forêt de Windsor. En soufflant dedans, l'un des deux garçons invoque malgré lui les spectres d'une troupe de chasseurs et meurt, fauché par les flèches éthérées d'un tireur fantôme.

« Succulent » (p. 196) : Voici l'une des centaines d'histoires formant ce que les folkloristes appellent la famille « Rends-moi ma jambe », ou conte type AT 366. On les retrouve aux États-Unis, en Grande-Bretagne, en Europe de l'Ouest et dans certaines régions d'Afrique et d'Asie. À ce titre, « Le bras d'or » (voir ci-dessus note pour « Le gros orteil ») demeure l'un des exemples les plus répandus de ce conte type dans le monde anglophone.

Ces récits trouvent leur origine dans l'histoire ancienne de l'homme sans travail dont la famille meurt de faim. En quête de nourriture, il arrive au pied d'un gibet où un criminel vient d'être pendu, découpe le cœur (ou toute autre partie du corps) et le rapporte à la maison. Cette nuit-là, la famille fait bombance. Mais, pendant leur sommeil, le pendu vient chercher le membre ou l'organe qu'on lui a dérobé. Ne parvenant pas à le retrouver, il finit par emporter celui qui le lui a volé. Voir : Thompson, *The Folktale*.

« Succulent » suit presque exactement le déroulé de l'histoire initiale et provient de témoignages recueillis dans le nord-est des États-Unis au fil des ans, à partir des années 1940. Dans une version publiée par Louis C. Jones, le mari s'en sort en prélevant le foie de son épouse pour l'offrir au fantôme à la place de celui qu'il a perdu. Voir : Jones, *Things That Go Bump in the Night*.

« Salut, Kate ! » (p. 199) : Cette histoire est tirée d'une légende originaire du Munster, une province irlandaise.

« Le chien noir » (p. 201) : Ce récit s'inspire des témoignages de plusieurs habitants de Bourg-en-Forêt, un village français dans le Thimerais (région naturelle du nord-ouest de l'Eure-et-Loir), recueillis dans les années 1920. La figure du chien noir spectral est généralement associée au fantôme d'un homme méchant ou à un présage de mort.

« Bruits de pas » (p. 205) : Cette histoire reprend un récit collecté à Amherst, en Nouvelle-Écosse, par la folkloriste canadienne Helen Creighton.

Voir : Creighton, *Bluenose Ghosts.*

« Des yeux de chat » (p. 207) : Provient d'une histoire racontée à la fin du XIXe siècle à l'écrivain anglais Augustus Hare. Dans sa version, le corbillard est tiré par quatre chevaux.

Voir : Hare, *The Story of my Life.*

Sur la frontière

« Bess » (p. 211) : Il s'agit là d'une variante d'une vieille légende européenne que le folkloriste suisse Max Lüthi a baptisée « La mort d'Oleg », en référence à Oleg le Sage, un prince varègue ayant régné sur des territoires slaves de 882 à 912. La légende veut qu'il soit mort exactement comme le protagoniste de l'histoire : mordu par un serpent vénéneux caché dans la dépouille d'un cheval qu'il craignait.

Cette légende comporte trois grands thèmes fréquents dans la littérature populaire : la force de ce qui peut paraître faible ; la possibilité de ce qui paraît impossible ; le fait qu'il convient de se méfier de soi-même avant tout.

Voir : Lüthi, *Es war einmal. Vom Wesen des Volksmärchens.*

« Harold » (p. 213) : Plusieurs récits du folklore et de la fiction évoquent une poupée ou un mannequin prenant vie. Dans la légende juive du golem, un rabbin se sert d'un charme pour animer une statue d'argile. Quand sa création échappe à son contrôle, il finit par la détruire. Dans *Frankenstein* de Mary Shelley, un étudiant suisse parvient à insuffler la vie à une créature artificielle, qui se retourne immanquablement contre lui.

Le conte de fées grec « Le gentilhomme fait d'avoine », ou « M. Simigaldi », raconte l'histoire d'une princesse ne parvenant pas à trouver un bon mari. Elle en fabrique donc un en mélangeant un kilo d'amandes, un kilo de sucre et un kilo de grains d'avoine, puis en sculptant sa mixture pour lui donner forme humaine. En réponse à ses prières, Dieu donne vie à sa création. Après bon nombre d'aventures, ils finissent par vivre heureux ensemble.

« Harold » provient d'une légende suisse et autrichienne.

Voir : Lüthi, *Es war einmal. Vom Wesen des Volksmärchens.*

« La main morte » (p. 219) : Cette légende circulait dans le Lincolnshire, dans l'est de l'Angleterre, au XIXe siècle. Elle se déroule dans les Carrs, alors une vaste région

marécageuse bordant la mer du Nord que les gens croyaient hantée par des esprits maléfiques.

« Ces choses-là arrivent » (p. 223) : Il s'agit d'une légende américaine traditionnelle, dont le protagoniste se croit tourmenté par une sorcière et tente de l'en empêcher. Dans certaines versions, la personne tente de tuer la sorcière en tirant une balle d'argent dans le portrait dessiné. J'ai adapté ce thème de manière à insister sur le conflit entre l'éducation et la superstition qui peut se produire chez certaines personnes lorsque les événements leur échappent.

Voir : Thompson, *Folk Tales and Legends* ; Randolph, *Ozark Magic and Superstitions*.

Sauvage liberté

« L'enfant loup » (p. 231) : Cette légende du Sud-Ouest texan se retrouve dans plusieurs autres cultures. J'en donne quelques exemples ci-dessous.

J'ai entendu parler de l'enfant loup du Texas pour la première fois en 1975, alors que j'effectuais un séjour de recherches à El Paso pour un autre ouvrage. Un ouvrier retraité de quatre-vingts ans, Juan de la Cruz Machuca, m'a raconté cette histoire. Sa version recoupe le témoignage de « La fille loup de Devils River », un article retraçant l'incident de L. D. Bertillion, paru en 1937. Ma propre version mélange le contenu de cet article et divers récits oraux.

Dans le texte de Bertillion, le trappeur Dent tombe amoureux de Mollie Pertul en Géorgie, après quoi il tue son associé et s'enfuit. Un an après, il revient chercher Mollie et tous deux partent s'installer au Texas, sur la berge de la rivière Devils. C'est là que Mollie donne naissance à la fillette qui deviendra la légendaire enfant loup.

Notons que les abords de la rivière Devils et du Rio Grande évoqués dans ce récit ont depuis été submergés afin de permettre la création d'une retenue d'eau et d'un parc.

L'une des plus anciennes légendes évoquant des enfants élevés par des loups demeure la célèbre histoire des jumeaux Romulus et Rémus, livrés par leur mère au courant du Tibre, dans le Latium antique. Quand le panier qui les transportait s'échoue sur la berge, les enfants sont allaités par une louve jusqu'à ce qu'un berger les trouve et les élève. La légende veut que Romulus ait fondé Rome à l'endroit même où son frère et lui ont été sauvés du Tibre.

Dans « Les frères de Mowgli », Rudyard Kipling raconte l'histoire d'un bébé indien qui s'aventure dans une tanière de loups et finit élevé par les bêtes.

Une légende moderne en provenance des monts Ozark, dans l'Arkansas, évoque un garçon de cinq mois ayant disparu après que sa mère l'a posé au sol pour sarcler du maïs avec son époux. Des années plus tard, un inconnu ou un animal s'est mis à leur voler des poulets, sans que le couple parvienne à surprendre le fautif. Un soir, l'époux voit un enfant nu s'enfuir avec un poulet. Il le suit jusqu'à une grotte et le découvre au côté d'une vieille louve malade, en train de dévorer ses prises. Le garçon grogne et gronde comme un loup, mais le fermier réussit à l'emporter avec lui. Il s'agit, bien entendu, de son fils.

D'autres histoires circulent au sujet de jeunes gens revenus à l'état sauvage après avoir été abandonnés par leurs parents, envoyés en exil ou s'être perdus. L'une, avérée, concerne un enfant sauvage retrouvé dans le département français de l'Aveyron, dans le sud de la France, en 1797.

Il existe deux légendes californiennes similaires. L'une met en scène une fillette de deux ans rejetée sur la plage d'une île au large de Santa Barbara après le naufrage d'un voilier au début du XXe siècle. Des années après, des hommes venus chasser les chèvres de l'île découvrent la jeune femme, qui s'éloigne en sautillant comme une chèvre. Ils la retrouvent par la suite terrée au fond d'une grotte, entourée des ossements des bêtes qu'elle a dévorées. Ils la ramènent alors sur le continent, où elle est identifiée comme étant la fillette disparue. Aucun témoignage ne raconte ce qu'elle est devenue par la suite.

L'autre légende concerne une jeune Amérindienne esseulée après l'abandon par sa tribu de l'île de San Nicolas, à soixante-dix milles au large de Santa Barbara, en 1835. On raconte qu'elle y a vécu seule dix-huit années durant avant qu'on la retrouve. *L'Île des dauphins bleus*, roman de Scott O'Dell, s'inspire de cette histoire.

Cinq cauchemars

« Le rêve » (p. 237) : S'il est parfois logique que certains rêves anticipent la réalité, celui de cette histoire est très énigmatique. Il s'inspire d'un témoignage évoqué par Augustus Hare dans son autobiographie.

Voir : Hare, *The Story of my Life*.

« Le nouveau copain de Sam » (p. 240) : J'ai découvert cette histoire à Portland, dans l'Oregon, en 1987. De nombreuses versions circulaient à l'époque, à tel point que le folkloriste Jan Brunvand a intitulé l'un de ses recueils de légendes urbaines *The Mexican Pet* (« Le chien mexicain »). Au sommaire, on trouve une variante de l'histoire recueillie à Newport Beach, Californie, en 1984.

Le folkloriste Alan Fine suggère que cette légende reflète la colère suscitée par la présence illégale aux États-Unis d'ouvriers mexicains, tenus pour responsables du chômage parmi certaines couches de la population. Les Mexicains seraient ainsi représentés par un animal domestique qui se révèle être un rat. Il cite une légende française comparable, à l'occasion de l'arrivée de travailleurs immigrés en provenance d'Afrique et du Proche-Orient.

« La mémoire vous reviendra » (p. 243) : Le fin mot de l'histoire.

Qu'est-il arrivé à la mère de Rosemary ?

Après avoir ausculté Mme Gibbs, le médecin comprend qu'elle est sur le point de mourir. Elle souffre d'une forme rare de peste, un mal effroyable qui tue rapidement et entraîne de terrifiantes épidémies.

Si l'on apprenait qu'une femme est morte de la peste en plein cœur de Paris, une vague de panique s'ensuivrait. Les occupants de cet hôtel et de tous les autres prendraient immédiatement la fuite, privant d'une manne d'argent toute l'industrie du tourisme parisien. Le directeur de l'hôtel et lui décident donc de garder le secret.

Afin de mettre Rosemary à l'écart, le médecin l'envoie chercher à l'autre bout de Paris un médicament sans importance. Comme il s'y attendait, Mme Gibbs rend l'âme peu après le départ de sa fille. Son corps est immédiatement évacué de l'hôtel et emporté dans un cimetière, où il est enterré en toute hâte. Ce faisant, une équipe d'ouvriers s'empresse de repeindre la chambre et de remplacer tout son mobilier.

Les réceptionnistes reçoivent pour ordre de dire à Rosemary qu'elle a dû se tromper d'hôtel. Lorsqu'elle insiste pour voir sa chambre, elle découvre une pièce complètement différente. Et, comme de juste, sa mère a disparu. Toutes les personnes mises dans le secret ont été menacées de licenciement si jamais elles s'avisaient de parler.

Afin d'éviter tout mouvement de panique dans la ville, la police et les journaux acceptent de mettre cette mort sous le boisseau. Aucune enquête n'est menée, aucun article ne paraît. Comme si la mère de Rosemary et cette maudite chambre n'avaient jamais existé.

Dans une autre version de l'histoire, Rosemary et sa mère prennent des chambres séparées. Mme Gibbs meurt pendant la nuit, tandis que sa fille dort. On évacue alors son corps, puis on repeint sa chambre et on change le mobilier. Le lendemain matin, quand Rosemary s'inquiète de ne pas trouver sa mère, on lui explique qu'il n'y avait personne avec elle la veille lorsqu'elle s'est présentée à la réception.

Après des mois d'enquête, un ami, un parent ou la jeune femme elle-même finit par retrouver un employé de l'hôtel et le soudoie pour apprendre la vérité.

Cette légende urbaine a inspiré le film *Si Paris l'avait su*, sorti en 1950, ainsi que deux romans, dont le premier remonte à 1913. Ce récit est cependant plus ancien encore. L'écrivain Alexander Woollcott évoque ainsi deux articles faisant de cette histoire un fait avéré, l'un paru dans le *London Daily Mail* en 1911 et l'autre dans le *Detroit Free Press*, aux États-Unis, en 1889.

« Le bouton rouge » (p. 249) : Plusieurs versions de ce récit circulent aux États-Unis et au Royaume-Uni. En réalité, les araignées pondent leurs œufs dans des cocons de soie, qu'elles cachent ensuite à l'abri des prédateurs. Pour le folkloriste Jan Brunvand, ce type d'histoire joue sur la peur fort répandue d'invasion corporelle par des insectes ou autres créatures peu ragoûtantes.

Voir : Brunvand, *The Mexican Pet: More New Urban Legends and Some Old Favorites* ; et Campion-Vincent et Renard, « L'Animal avalé vivant », *Légendes urbaines, rumeurs d'aujourd'hui*.

« Non merci » (p. 251) : Ce récit s'inspire librement d'un fait divers évoqué par le *New York Times* en date du 2 mars 1983.

Que se passe-t-il ici ?

« Le problème » (p. 255) : En l'absence de causes solides pour expliquer les phénomènes décrits dans ce récit, nombreux sont ceux à s'être demandé si ce fantôme bruyant et malicieux qu'on nomme « poltergeist » ne pouvait pas en être à l'origine. Les histoires de hantises par des poltergeists font partie intégrante du folklore occidental depuis des siècles. On les accuse de faire voler les objets, de faire danser les meubles, de tirer les draps et les couvertures, de produire des râles et des grognements, et ainsi de suite.

Dans un ranch de Cisco, au Texas, en 1881, quelque chose ou quelqu'un lançait des pierres, ouvrait des portes verrouillées sans utiliser de clé, faisait couler du blanc d'œuf entre les planches du plafond et miaulait comme un chat. Tout comme dans « Le problème », chaque objet et chaque occupant fut examiné avec attention, sans qu'on parvienne à expliquer ces phénomènes. Si certains pouvaient très bien être l'œuvre d'un farceur, d'autres demeuraient mystérieux.

Les parapsychologues, comme ceux mentionnés dans l'histoire, se consacrent à l'étude et la découverte d'hypothétiques pouvoirs mentaux jusqu'alors incompris. La psychokinésie et la perception extrasensorielle constituent deux célèbres champs d'investigation de la parapsychologie.

« Le problème » s'inspire d'articles parus dans le *New York Times*, le magazine *Life* et d'autres publications.

Quiiiiiiiiiiii ?

« L'inconnue » (p. 267) : Ce court récit circule aux États-Unis et au Royaume-Uni, parfois dans des décors différents (dont un champ de navet et un musée).

« Le porc » (p. 268) : Les fantômes peuvent prendre plusieurs apparences : celle d'un animal – comme dans cette histoire ; celle d'une boule de feu ou toute autre manifestation lumineuse ; ou celle d'un spectre. Certains, bien entendu, préfèrent rester invisibles et se font remarquer par des bruits ou actes incongrus.

L'histoire de la femme qui revient sous la forme d'un porc s'inspire d'un conte macabre canadien raconté sur l'Île-du-Prince-Édouard.

Voir : Creighton, *Bluenose Ghosts.*

« Quelque chose ne va pas ? » (p. 271) : Je tire ce récit du résumé d'une histoire de fantôme afro-américaine trouvée dans *The Ghosts of New York* (« Les fantômes de New York ») de Louis C. Jones. Elle met en scène une rencontre humoristique avec un monstre affreux. Dans l'original, le monstre est un tueur psychopathe échappé de l'asile. Quand il rattrape l'homme qui le fuit, il s'écrit : « Touché ! C'est toi le loup ! »

« C'est lui ! » (p. 273) : Une nouvelle version du conte type « Rends-moi ma jambe » (AT 366), inspirée par deux sources. L'une provient de la région du Cumberland Gap dans le Kentucky ; l'autre des archives de l'université de Pennsylvanie. Se reporter à la note de « Succulent ».

« PFRRRRTTTTT ! » (p. 275) : Inspiré par une blague que se racontent les enfants.

« Le suivant » (p. 278) : Il s'agit d'une parodie du « Chant du corbillard » (voir p. 53), issue du fond folkloriste de l'université du Massachusetts, obtenue auprès de Susan Young de Chelmsford, Massachusetts, en 1972.

Bibliographie sélective

Bibliographie sélective en langue française

Blackwood, Algernon. *Le Wendigo*, trad. Jacques Parsons, Denoël, 1972.

Campion-Vincent, Véronique et Renard, Jean-Bruno, *Légendes urbaines, rumeurs d'aujourd'hui*, Payot & Rivages, 2002.
Collin de Plancy, Jacques. *Dictionnaire infernal*, Hachette Livre BNF, 2012.
Le Braz, Anatole. *Magies de la Bretagne*, Robert Laffont, 1993.
Lormier, Dominique. *Le Grand Livre des fantômes*, Trajectoires, 2003.
Noirez, Jérôme. *Encyclopédie des fantômes et des fantasmes*, Éditions de l'Oxymore, 2005.
O'Dell, Scott. *L'Île des dauphins bleus*, trad. J.-B. Damien, Pocket Jeunesse, 2004.
Renard, Jean-Bruno. *Rumeurs et légendes urbaines*, PUF, 2013.
Seignolle, Claude. *Au château de l'étrange*, Castor Astral, 2011.
Shelley, Mary. *Frankenstein ou le Prométhée moderne*, trad. Alain Morvan, Gallimard, « Folio », 2015.
Urbain, Jean-Didier. *L'Archipel des morts*, Payot, 2005.

Bibliographie sélective en langue étrangère

Bennet, John. *The Doctor to the Dead: Grotesque Legends & Folk Tales of Old Charleston*, Rinehart & Co, 1943.
Botkin, Benjamin A. *A Treasury of American Folklore*, Crown Publishers, 1944. *A Treasury of New England Folklore*, Crown Publishers, 1965. *A Treasury of Southern Folklore*, Crown Publishers, 1949.
Briggs, Katharine M. *A Dictionary of British Folktales*, 4 volumes, Indiana University Press, 1967.

Briggs, Katharine M. et Tongue, Ruth L. *Folktales of England*, University of Chicago Press, 1965.

Brunvand, Jan H. *The Study of American Folklore*, W. W. Norton, 1978. *Urban American Legends*, W. W. Norton, 1980.

Cerf, Bennett. *Famous Ghost Stories*, Random House, 1944.

Chambers, Robert. *Popular Rhymes of Scotland*, Singing Tree Press, 1969.

Chase, Richard. *American Folk Tales and Songs*, Dover Publications, 1971. *Grandfather Tales*, Houghton Mifflin Co., 1948.

Creighton, Helen. *Bluenose Ghosts*, Ryerson Press, 1957.

Dégh, Linda. *American Folk Legend. A Symposium*, University of California Press, 1971.

Flanders, Helen H. *Vermont Folk-Songs & Ballads*, Stephen Daye Press, 1932.

Gardner, Emelyn E. *Folklore from the Schoharie Hills*, University of Michigan Press, 1937.

Hare, Augustus. *The Story of my Life*, George Allen & Unwin Ltd, 1900.

Harris, Joel Chandler. *Nights with Uncle Remus. Myths and Legends of the Old Plantation*, Houghton Mifflin Co., 1882.

Jones, Louis C. *Things That Go Bump in the Night*, Hill and Wang, 1959.

Knapp, Mary et Herbert. *One Potato, Two Potato. The Secret Education of American Children*, W. W. Norton & Co., 1976.

Krappe, Alexander H. *Balor with the Evil Eye. Studies in Celtic and French Literature*, Columbia University Press, 1927.

Leach, Maria. *Rainbow Book of American Folk Tales and Legends*, World Publishing Co., 1958.

Lüthi, Max. *Es war einmal. Vom Wesen des Volksmärchens*, Vandenhoeck, 1964.

Musick, Ruth Ann. *The Telltale Lilac Bush and Other West Virginia Ghost Tales*, University of Kentucky Press, 1965.

Puckett, Newbell N. *Folk Beliefs of the Southern Negro*, University of North Carolina Press, 1926.

Randolph, Vance. *Ozark Folksongs*, State Historical Society of Missouri, 1949. *Ozark Magic and Folklore*, Dover Publications, 1964. *Sticks in the Knapsack and Other Ozark Folk Tales*, Columbia University Press, 1957. *The Talking Turtle and Other Ozark Folk Tales*, Columbia University Press, 1957.

Roberts, Leonard. *Old Greasybeard. Tales from the Cumberland Gap*, Pikeville College Press, 1980. *South from Hell-fer-Sartin. Kentucky Mountain Folk Tales*, Pikeville College Press, 1954. *Sang Branch Settlers: Folksongs and Tales of an Eastern Kentucky Family*, Pikeville College Press, 1980.

Skinner, Charles M. *American Myths and Legends*, vol. 2, J. B. Lippincott Co., 1903.

Thompson, Stith. *The Folktale*, University of California Press, 1977. *Folk Tales and Legends*, Duke University Press, 1952.

Wasson, George S. *Captain Simeon's Store*, Houghton Mifflin Co., 1903.

Woollcott, Alexander. *While Rome Burns*, The Viking Press, 1934.

Remerciements

Je tiens à remercier ici tous ceux qui ont rendu ce livre possible :

Kendall Brewer, Frederick Seibert Brewer III et Shawn Barry, qui ont accepté de s'asseoir avec moi dans une grange du Maine pour me narrer de sombres récits.
Les boy-scouts du Camp Roosevelt à East Eddington, dans le Maine, qui m'ont raconté leurs histoires les plus effrayantes.
Plus généralement tous les narrateurs, petits ou grands, qui ont trouvé en moi une oreille attentive.
Les nombreux folkloristes qui ont bien voulu partager avec moi leur savoir et leurs ressources universitaires, tout particulièrement Kenneth Goldstein de l'université de Pennsylvanie, Edward D. Ives de l'université du Maine et Susan Stewart de l'université Temple de Philadelphie.
Tous les universitaires dont les articles et recueils ont pu nourrir ces pages.
Les bibliothécaires de l'université du Maine (Orono), de l'université de Pennsylvanie, de l'université de Princeton, de la bibliothèque municipale de Princeton et de nombreuses archives folkloristes à travers le pays.
Mes éditeurs, Nina Ignatowicz et Robert O. Warren.

Et enfin Barbara Carmer Schwartz, mon épouse et collègue pour ses innombrables contributions à cet ouvrage.
Qu'ils en soient tous profondément remerciés.

A.S.

Achevé d'imprimer en septembre 2021
Par CPI Brodard & Taupin à La Flèche
N° d'impression : 3044580
Dépôt légal : septembre 2021
Imprimé en France
36231559-1